序与跋

小文65

马未都 著

长江出版传媒　长江文艺出版社

北京长江新世纪文化传媒有限公司
www.cjxinshiji.com
出品

▲ 马未都与观复猫

《嘟嘟》序

我是个极爱聊天的人，年轻时尤甚。聊兴一来，摁都摁不住。加之年轻时朋友们大多都忙说话，一个比一个能说，⊗日久天长聊技自然就有长进。

可岁数大了，能聊的朋友都各奔东西了，都有自己的营生；过去说棋逢对手，将遇良才，我这下棋找不到对手，冲着棋盘发愣也不是办法，恰巧互联网悄然兴起，于是乎，对着镜头空聊，以解口舌之快。

人生路上有许多快感，最快乐的快感因人而异，口舌之快娓娓道来算一种，火山喷发⊗算另一种，二者兼顾我更乐做一些，让说者听者情绪都得以满足。《嘟嘟》说的时候时好时坏，冷暖自知。

觀復古典藝術博物館 GUANFU CLASSIC ART MUSEUM　北京市朝陽區大山子張萬墳金南路18號 No.18th Jinnan Road, Zhangwanfen, Dashanzi Chaoyang Dis. Beijing　郵編 PC 100015　電話 Tel 86-10-64362308 64338887　傳真 Fax 86-10-64362329　電郵 E-mail office@guanfu.com.cn

▲　序跋手稿

《子安藏书票》序

　　鲁迅先生在上世纪三十年代曾热衷过藏书票。他不仅收藏，还潜心研究，以致推而广之小型木刻版画。1931年，鲁迅先生创办了木刻讲习会，他在介绍欧美版画的同时，也关注及刊印中国的古代版画。在先生的影响下，踏上美术之路的青年人构成了新旧中国交替时最为坚定的美术力量。

　　这股美术力量对二十世纪中国的影响非同小可。二十世纪以报纸天下，版画是报纸的最佳表现形式，从延安鲁艺的经典之作起，用黑白两色以木刻的苍本形式风靡了出版新图景。这种简单的美术表达，实际上以最为直接的效果传达作者的精神内容。

　　这一切都缘于西方的藏书票的引进。藏书票

观复古典艺术博物馆　GUANFU CLASSIC ART MUSEUM　北京市朝阳区大山子张万坟金南路18號 No.18th Jinnan Road, Zhangwanfen, Dashanzi Chaoyang Dis. Beijing　郵編PC 100015　電話Tel 86-10-64362308 64338887　傳真Fax 86-10-64362329　電郵E-mail office@guanfu.com.cn

▲　序跋手稿

観復
GUANFU

《树之生命树之心》 序

　　宗教建筑在人类文明史上占有最重要的一席。东方的佛教建筑与西方的基督教、伊斯兰教建筑具有本质上的不同，即木制建构与石制建筑在理念上的天壤之别。前者注重架构之美，尽可能将建筑骨骼暴露在外，以木与石或砖的质感区别；而后者的骨骼隐藏于体内，从外观上无从寻找，继而形成老体美别的展示。（一说七大建筑体系）

　　世界五大建筑体系，██唯这东的木制建构以独特存世。木制建构的好处是取材容易，搭建速度快，易修复；缺点是保存不易，尤其惧火，一旦突然形成，一切必须重新建造。因此历史上许多著名建筑我们都没能得以见到，见到的都是文献上语焉不详文字记载。

観復古典藝術博物館　GUANFU CLASSIC ART MUSEUM　北京市朝陽區大山子張萬墳金南路18號 No.18th Jinnan Road, Zhangwanfen, Dashanzi Chaoyang Dis. Beijing　郵編PC 100015　電話Tel 86-10-64362308 64338887　傳真Fax 86-10-64362329　電郵E-mail office@guanfu.com.cn

▲　序跋手稿

《欢庆猫与节气》序

春雨惊春清谷天，
夏满芒夏暑相连，
秋处露秋寒霜降，
冬雪雪冬小大寒。

　　二十四节气歌每一位中国人都应该会背，小时候拿出半天时光，便背诵终生。把一年的物候分为二十四节，每节有气象，是中国自先秦以来总结出来的生存理念。只要你关注它，你就会觉得节气这东西神奇；每当交节之时气候总会有所变化，老百姓过去俗称变天。

　　节气的产生与中国传统农耕社会紧密相关，中原大地，黄河长江流域的祖先们靠天吃饭，不观察天地不可以生存，所以物候的每一点小小的变化，都被古人记录在案，持此凝炼为

▲　序跋手稿

《进击的智人》序

　　人类的文明史毫无疑地讲是一部不文明史。因为最初的人类相互杀戮，弱肉强食，毫无怜悯之心。人类作为一个物种，至今存活在这个星球实属侥幸，度过了漫明苦的黑暗，人类才得以喘息，开始思考一个问题，我们思维，将向哪里去？

　　我们自朔自己已步入现代文明，跨过农业文明，走过工业文明，进入信息加智能革命，赫理应一个文明。我们在探索宇宙空间和脱氧核糖核酸时，打开了宏观与微观的窗口，内心竟有一处得意；其实，这在上苍眼中，显得十分幼稚可笑。我们已获得的有限文明，并不见文明推进的，而是由野蛮推进的。野蛮是文明最大的动力，"文明"其实非常矫情。

▲　序跋手稿

序

　　这是本奇特的小书，不知前人有否写过同类型的书。从某种意义讲，这书属于典型的"无心插柳柳成荫"。本来我没有出书的意思，直到有一天忽然觉得这些年零敲碎打的文章可以结集。从那一刻起，心里有一种莫名其妙的兴奋。

　　我年轻时是一个职业编书者，所以对书的序与跋情有独钟。序放在书首，如戏之序幕，曲之序曲，可以为书定个调子，也可以大致了解一下该书的内容；而跋则置于后尾，有个总结的说法，让自己与读者一同心安。

　　这些不是每一位读者都在意的。我见许多人读书急不可耐，一下子迅速翻上几页，甚至翻至书中读起，还读得津津有味。这让人大感不解。我以为读书可以粗读，也可以精读，但万万不可半途而读。读书理应先读序，可以事半功倍，品味书中奥秘，当从序始。

　　这就要求序言之有物，有话则长，无话则短，言简意赅。可惜今天许多书的序不是这样，溢美之词多于中肯意见，阿谀之风湮没实在情感，这让序变得空洞无物，成为可有可无的摆设。至于跋，除了感谢一圈已渐无其他。

本书是我自己很喜欢的一本书，因为这些小文都是我自己在夜深人静时一笔一画写的，都有手稿为证。我年轻做编辑时，从未想到能为自己作序，更没想过为他人作序。没想到人过半百之后，竟然喜欢上写这类小文。先读其书，再想如何动笔，大多数文章都控制在千字之内，为的是让读者有耐心读完。

这本小书涉及至少65本书。书的内容非常广泛，有文学有科学，有旧作有译著。许多书我读时深受感动，还有很多书百读不厌，我庆幸自己有机会为其作序。作为一名曾经的编辑，幸福莫大于此焉。作为读者呢，读此书至少可以了解65本书的脉络，也是另外一种幸福。

《小文65》会继续写下去，这对我则是聚沙成塔，集腋成裘。实际的确也是这样，多数书作序前逼迫自己认真想通某个问题，方可谨慎下笔，万不能"以其昏昏，使人昭昭"，此乃为人作嫁的准则。

语轻意重，是为自序。

马未都
己亥谷雨后

扫一扫，听我讲
背后的故事

目录

第一篇 收藏

第二篇 文化

第二篇 杂谈

第一篇

收藏

坐卧其间，有山林之思

扫一扫，听我讲
本文背后的故事

　　中国传统家具选材极为讲究。尤其明清两代的硬木家具，其材料决定了家具的品质。我们今天熟知的紫檀、黄花梨、鸡翅木、红木、铁力木等都是使用广泛的家具良材，至今仍为使用者或收藏者津津乐道。在古代家具良材中，还有一些地域性极强的品种过去鲜为人知，其中柞榛木极具代表性。

　　柞榛木的"柞"字，多音多解：一读zuò（作），比如东北常见的柞木，俗称高丽木，属山毛榉科的麻栎；一读zhà（炸），原指水名，在陕西。榛为灌木或小乔木。柞榛一词，未见典籍记载，在江苏读zhà zhēn（炸针），约定俗成。

　　柞榛木家具多出自苏北南通，地域性极强。多年来少有其他地区发现。由于南通近百年交通不便，地域较封闭，柞榉木家具在做工上独树一帜，风格彰著。

柞榛木尚有多种写法，柞桢、柞针、柞晶等。值得一说的是，与之不光是读音相近，其木质纹理也相似的树种——柘（zhè）木。它在长江中下游的安徽、江苏一带及山东等地均有种植，亦是制作家具的良材。柘木，桑属，落叶乔木，叶可饲蚕，雌雄异株，木芯黄色，可提取赤黄色染料，古代用以染制皇帝的龙袍。故南通地方称之为"柘黄"或"柘桑"。其木质坚韧，可制弯弓、扁担。柘木家具与柞榛家具颇易混淆，细观察尚能分辨。

南通地处淮南江北海西头，辽阔的江海平原属亚热带气候，地表是长江冲积层，土壤肥沃，乔木、灌木及藤本植物资源异常丰富。其中，柞榛木就是南通及周边地区特有的珍稀木种，曾经广为种植。但是因为生长缓慢，又极易虫蛀，素有"十柞九空"之说，且多弯曲，故柞榛木大材十分难得。

柞榛木属常绿小乔木，叶呈凤眼形，木质细密坚韧，木纹清晰雅致，倒伐后经数十年自然脱水，成材不易变形。南通地区有大量的明清家具存世，用材包括紫檀、黄花梨、鸡翅木、红木、楠木及本土的柞榛、柘木、柏木、榉木、朴木、黄杨等。而用极难取材的柞榛木细算精打出来的家具尤为珍贵。

目前所能看到的柞榛木家具，其制作年代除少数可定为明末清初外，大多为清中期以后所做。其制作款式却能承上启下，如台座式家具延续到晚清仍有制作。柞榛木家具早期选料严格，绝少带白皮，凳椅的座面板、靠背板，床榻的围板，橱柜的门板皆选纹理优美为行云流水者，让人坐卧其间有山林之思。线脚非圆即方，而方线又多起浑面，或打凹槽，榫卯结构合理，做工精细，总体造型简练古朴、圆浑灵秀。柞榛木家具风格的形成与其地域特点吻合。南通自后周显德五年（公元958年）建城，至今已有千年历史，在这千年中有过数次民族大融合，使得南通地域文化既有江南水乡的灵秀美，又有北方大漠的粗犷豪放。这与柞榛木家具所散发的气息不谋而合。三四百年来，柞榛木家具像一位隐士——或隐于山林，或隐于市井，"养在深闺人未识"。自中国古典家具收藏蔚然成风之时，南通柞榛木家具被越来越多的爱好者和收藏家所关注。

柞榛木家具出自南通，它作为一种历史文化遗存，在中国传统家具中占有重要一席。对它进行研究发掘，探讨其风格和样式的异同，以及所用的本土木材，当有助于认识当地文化、社会民生以及经济的发展。于宏林先生热衷地方文化事业，主持编辑这部《南通传统柞榛家具》，孜孜不倦，自谦为"管窥一斑"，但已为柞榛木家具在中国古典家具研究史上填补了空白，十分值得庆贺。

马未都

甲申初秋于北京

——本文原为《南通传统柞榛家具》序

打眼，不冤不乐

扫一扫，听我讲
本文背后的故事

　　打眼是古玩收藏之路的必修课。新上路者往往像一个踌躇满志的猎人，刚愎自用，趾高气扬，无视路途荆棘密布、野兽出没，满眼只有猎物，没有危险；而长途跋涉者遭遇过蛇咬，变得缩手缩脚，常怀井绳之虞。以愚之见，这门课程的复杂深奥超出任何初学者的想象。

　　在世界四大文明古国中，唯一延绵不绝的是中华文明。有文字记载的文明史已逾五千年，况且今天许多收藏品还早于这个时代。各类新石器时期文化的证物至今还在收藏者中流传，传递着古老而诱人的文化信息。面对这样一个浩如烟海的庞大文物信息系统，每一个智者都渺小得不能再渺小，所掌握的知识再丰富也不过沧海一粟。文明的积累在此刻的

力量，能轻而易举掀翻任何蔑视它的好事之徒。

　　这个好事之徒就是我们自己。在物阜民丰的时代，收藏的乐趣在坊间传染蔓延，据古人之物为今人所有，此乐趣妙不可言。人性的弱点就在这妙不可言中一点点展现，面对诱惑，不再评估自己的能力，孤注一掷，以博弈心态上场，后果甘苦自知。

　　官方提倡的全国性收藏热自北宋、晚明、康乾、民国至今已是第五次，我们今天所能见到的历代仿品尽在其中。此次收藏热度之高、幅度之广超过历次。稍有不同的是作伪的质量，做套的手段花样翻新，前无古人。收藏本是个人与千军万马作战，不死已是英雄，别奢望再不负伤。负伤对一个明智的收藏者不是耻辱，而是一种光荣。

白明学兄将自己在途之伤展现于世，是他的高明之处。按旧时古玩的习惯做法，打眼后往床下一塞，眼不见为净，羞于见人。有勇气讲述自己可能被别人耻笑历史的人，令人尤其令我钦佩。不要说业余爱好收藏者，即便专业人才，即便国宝大师，打眼看错亦是家常便饭。几十年来，我经历、我看过的不计其数。这个领域没有神仙。

私有意识出现于人类社会那一刻起，生活变得丰富起来，随之需要解决的问题是戒贪。人性的弱点是会被人利用的。防止打眼，戒贪极其必要，其次才是努力认真地学习各类知识。从这点上讲，本书的重要性超过了任何一本指示收藏的专业书籍。读者应该珍重白明先生的经验之谈、切肤之痛。勇于面对收藏之路的荆棘乃至陷阱，关键是事后的总结修正。读此书不单是听别人上当的故事，而是要弄明白人生的一个道理。

我说过，文化的乐趣是终生的乐趣。从这点上讲，打眼也是一种乐趣，体味痛苦，充实知识。古人云，不冤不乐，就是这个意思。

是为序。

马未都

丙戌大寒

——本文原为《打眼》序

解读我们的文明成因

扫一扫，听我讲
本文背后的故事

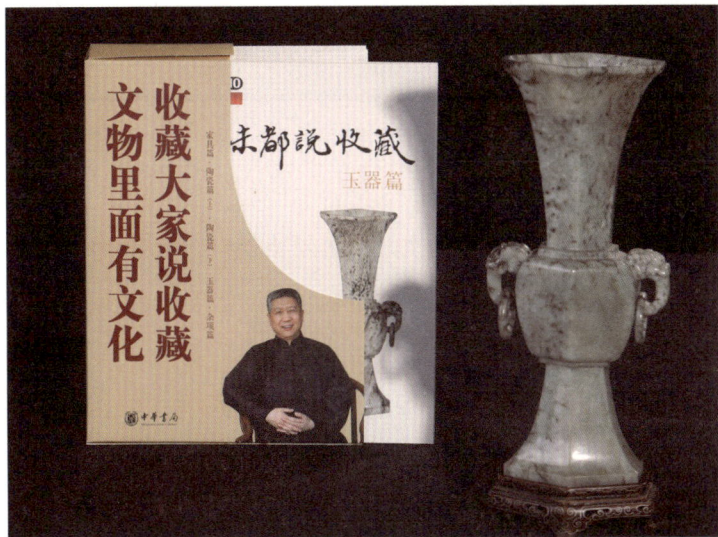

▲　明代　青玉双狮耳活环六方花觚　观复博物馆藏

我们了解历史一般通过两个途径——文献及证物。

文献的局限在于执笔者的主观倾向，以及后来人的修饰，因此不能保证客观真实地再现历史。

证物不言，却能真实地诉说其文化背景，描述成因。文明的形成过程是靠证物来标定坐标，汇成进程图表。

此套书共四册，分为家具篇、陶瓷篇（上）、陶瓷篇（下）、杂项篇。在《百家讲坛》播出时受时间限制，此为全本，未作删节。全书系列，从当今百姓喜爱的传统文化入手，试图解释我们的文明成因，展现文化魅力。只要你对文物乃至文化有兴趣，读此书一定乐趣无穷。

这个乐趣是你熟知的文化带给你的，并不是我。

马未都

2008 年 1 月

——本文原为《马未都说收藏》自序

薪火相传，延续文明

我试图以通俗的方式来讲述历史，颂扬文明。《百家讲坛》给了我机会，并提供这样一个极为广阔的平台，使我得以展现个人近三十年的积累。

我们文明的魅力很难用语言来表现，无论是谁，在浩如烟海的中华文明面前，都显得渺小而微不足道。

但我仍努力去做了。这要感谢《百家讲坛》的魏淑青主任、制片人万卫先生，他们的肯定，给了我信心；还要感谢编导马琳、那尔苏、张佳彬，他们的具体工作使讲座增色。

感谢中华书局的顾青先生、责任编辑梁彦先生，在本书的出版编辑过程中尽心尽力，尽职尽责。

我还要感谢为文明火炬传递不计荣誉的每一个人，正是他们，使我们灿烂的文明得以延续。

马未都

戊子岁首于观复博物馆

——本文原为《马未都说收藏》后记

新瓶旧酒，温润醇厚

扫一扫，听我讲
本文背后的故事

我录《百家讲坛》之际年五十又二，自觉已经老矣。年轻时头脑清晰、口若悬河的状态一去不复返了，人生最佳口语表达状态应是四十至五十之间，我是过来人，方有此悟。

今偶见当年录像，发现日月如梭，仅六七年时光，人又老了一截，虽不算垂垂老矣，但再无风华姿态。所以古人老是谆谆教诲年轻后生，要珍惜时光。

我如年轻时能再刻苦多读些书，如年轻时能将经典烂熟腹中，今天一定不是这个样子。中国的经典，在汉之前已完成，诸子百家都在那一段时期发出耀目之光，照耀后世几千年。这之后，凡学者皆大儒，只做仰视之释，强调身体力行。

▲ 明成化 海马纹天字罐（盖后配） 观复博物馆藏

　　艺术在此氛围下忐忑前行，少有创新，多在追摹。仔细想想，汉以后的各类艺术多以先贤的创造为蓝本，明式家具的框架简洁与战汉时期家具栏栅结构同刮简洁之风；宋元明清的许多陶瓷经典造型商周战汉已蔚为大观；玉器的制造，再改朝换代都会保留高古的符号；至于竹木牙角器，虽为雕虫小技，也都尽可能地向远古文化靠拢，表达敬意⋯⋯

凡此种种，构成中华文明的洋洋大观。追求物化的中华民族，继承着先贤的思想，满足于安逸的文明，将生活一点一滴地美化，让我们看见文明的延续。

新瓶旧酒，越发醇厚。谨为典藏本序。

马未都

2013.8.15

——本文原为《马未都说收藏（精装典藏本）》序

收藏之趣，不如众乐乐

扫一扫，听我讲
本文背后的故事

收藏的乐趣在初期不易传达，主要原因是说不清楚乐趣的位置。当收藏到了一定阶段，对藏品、对人生、对文化有了切身感受，才能逐渐找到这个乐趣的位置。

文化存在于证物之中，乐趣存在于文化之中，当收藏者清晰地知晓这一点时，收藏的乐趣就可以传达了，传达给亲朋好友，传达给社会。

我们的这个社会实际上就是靠我们的文化传达一代又一代地延续。我们与别人不同，不在于长相，而在于文化。

欧洲人曾长时间地不了解中国人，他们以为印度以东的领域都是一个文化，称之为东方。而这对于我们，分得清清楚楚，印度、日本、朝鲜与我们的文化差异显而易见。站在中国人的立场上，我们一定认为我们的文化无比辉煌。

所以，收藏是民族文化的弘扬，是国家所需。对个人而言，收藏又是乐趣，让人享受知识，领悟生活，净化心灵。

从本画册，可以看出郑鹏建先生的收藏花费了极大心血，其领域也宽。一个有这样收藏的人，心胸一定宽阔，乐趣一定众多。这个乐趣，显然郑先生获得了。但更为可贵的是，他将自己的乐趣拿出来与公众分享，这是融入现代社会的一个标志。

能做到这一点非常不易。

是为序。

马未都

2008.1.24

——本文原为《晶华苑藏品集》序

看不见的精神享受

扫一扫，听我讲
本文背后的故事

中国传统家具在中国引起广泛重视不过二十余年的事情。早先还仅在专业人士及爱好者中探讨，国人习焉不察，所以第一个为中国传统家具著书立说的人反倒是德国人古斯塔夫·艾克（Gustav Ecke）。这本出版于1944年的专著《中国花梨家具图考》（Chinese Domestic Furniture），出手不凡，图文并茂，站在客观的视角，冷静清晰剖析中国传统经典家具，至今阅览仍不失为一座丰碑。

那之后的二十多年，虽在艾克的启发下有不少学者孜孜以求，但因艾克起点颇高，让后人难免生畏，加之时局变迁，一直未有像样的专著问世。直至1971年，美国人安思远（R. H. Ellsworth）才将大作《中国家具》（Chinese Furniture）

完成，在中国家具研究史上占有重要一席。紧接着，中国自太平天国以来百年文化动荡结束，遂即改革开放，使国人得以喘息，得以重新审视自己的传统文化，重新发现古家具之精华。1983 年，中国人王世襄皇皇大作《明式家具珍赏》及后来的《明式家具研究》相继问世，奠定了王世襄在古家具界成为泰斗级人物的基础。那以后，有关中国传统家具的研究、收藏、展览、出版随波逐浪，让国人恍然大悟，知道了家具也是一种高雅文化。

中国传统家具的精髓在于神，不在于形。形之千变万化，由战国及秦汉及晋唐及宋元及明清，脉络可缕。由低向高是中国家具的发展态势，由简向繁是中国家具的无奈追求。在形的层面上，国人求变，但万变不离其宗，神永远不散，神永远支撑国人面对生存艰辛的世界。这个神不是别的，就是我们灿烂文化的精髓——精神享受。

家具本是个实用的东西，越实用的东西就越容易忽略它的精神存在。在中国古家具中，无论是卧具——休息，是承具——工作，是坐具——小憩，还是庋具——储物，都可以撇开实质，向后人讲述它跨时空存在的意义。看不见的精神享受，当事人都未必能说清，但学者可以。

中国古人在精神层面的不懈追求下，将家具设计得日臻完美。中国家具在世界家具史上独树一帜，先考虑精神，后考虑物质，以人文精神为本。这就是传统经典家具高于他人的地方。我们很长时间想不明白这些，是因为古人也不是先想好再制作家具的，古人在先哲的精神指引下，将神化物。

我们对生活的追求一定是先物质后精神，处在物化的世界里想不如此也难。关键的问题是解决物质后要进一步解决精神，否则与行尸走肉无异。精神层面很多，每上一层就多一层痛苦，也就多这层快乐。

马未都

2009.3.2 夜

——本文原为《明清意象》序

百盒千合万和

扫一扫，听我讲
本文背后的故事

　　盒子在容器中存在一种特殊的神秘，所以每个人看见时都抑制不住地想打开看看究竟。古人在盒子的设计和制造时并没考虑这些，只是为了使用的方便，将盒子制造得五花八门，令人目不暇给。

　　本书分为上、下两册，以材质分类。上册遴选了一百个陶瓷盒子，自唐至清，横跨千年，没有间断；下册集其他门类的盒子，也是一百个，基本上也是按材质分类。只是镶嵌一类过于漂亮，不忍将其散融在其他门类中，只好另集一类，想必读者可以理解。

　　我们面对这些小小的容器，体会着古人历经千辛万苦的发明。我们不一定能够充分理解古人的意图，我们看到的往

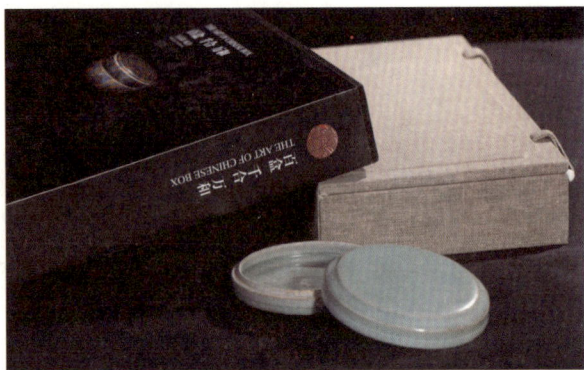

▲ 南宋 龙泉窑青釉并蒂莲纹盒 观复博物馆藏

往是表面华丽，体会的却是多年之后的世俗快乐。

这种世俗快乐几乎人人都有，它会传递、感染别人。其实正是这样，千年以前的古人，在制造一个小小的粉盒时，想的无非是为一位仕女涂脂抹粉，没承想小盒子跨越千年，具有了生命，让不可能看见它的后人们看见了它，那它比它的同伴幸运，我们比我们的先人快乐。

感谢观复博物馆的同人们加班加点的努力，感谢紫禁城出版社的编辑们尽职尽责的工作。二百件盒具，一千年历史，和谐于此，正扣标题：百盒、千合、万和。

谨为后记。

马未都

2009.7.16

——本文原为《百盒千合万和》后记

庄敬中正，坐以修身

扫一扫，听我讲
本文背后的故事

为坐具单独出版一本书是因为坐具在中华文明起居史上的重要地位。席地而坐的起居方式曾长时间地主导中国人的生活。中华文明形成的初期，低坐深刻地影响了中国人的思维，让古人习惯以低角度观察社会，得出结论。

中华民族是极为宽容的民族，永远以一种愉悦的心态看待外来文明。在这块富饶与贫瘠共生的土地上，农耕文化曾反复被游牧文化、渔猎文化侵扰，许多时候甚至结下怨恨；但农耕文化笼罩下的先民仍以宽厚的襟怀，接受并享受外来文化带来的便利，不疾不徐，在生活中逐渐改造了它，使之深深地烙上自己文化的烙印。

在历史的推进中，先人把一切文明的长处都化为己有。

中华民族海纳百川的心态是世界上任何一个民族所不及的，所以时至今日，全亚洲地区只有我们一个国家彻底告别了席地坐，其他国家依然不同程度保留了低坐的习俗。

我们的观念改变着我们的行为。坐具的产生一步一步地走完了演进的文明之路。这本书留下的只是证据，证明我们的民族在这条路走得艰辛，走得快乐，走得坎坷，走得幸运；让我们在两千年之后有机会回顾自己的起居方式，感受一下古今文明的差异，体会一下先人生活的难易。

马未都

——本文原为《坐具的文明》后记

宣德炉，与文人雅士交相辉映

扫一扫，听我讲
本文背后的故事

　　中国人对铜的认识在明朝宣德年间发生过一次飞跃。在元朝之前，中国的铜不讲究纯粹，多是一种含锡含铅的合金，习惯上称之为青铜。大约从夏代起，青铜器作为中国古代社会标志性成就，使我们告别了石器时代，跨入青铜文明。

　　青铜文明对中华文化影响至深。国人在很漫长的时间内，对青铜文化顶礼膜拜；甚至进入铁器文明后，仍未能割舍对青铜的情感。东汉以后，青铜文化日衰，仅剩铜镜一枝独秀；进入北宋，国人第一次回顾历史、注重收藏时就著有《考古图》（吕大临著）、《宣和博古图》（宋徽宗敕撰）等专业青铜书籍，将青铜文化推至不可逾越的高度。那时，藏家对铜器的乐趣还停留在红斑绿锈之上。青铜由于耐腐性差，常常锈迹斑驳，甚至面目全非，侥幸的遗存成为精神上的寄托，让国人知道了"礼之用，和为贵"。

跨过了元朝游牧民族铁骑横扫的年代，明朝又回到了农耕文化的安逸文明。大明永乐船队远航的风帆，将所到之处的风土人情带了回来。暹罗国王在宣德三年进贡大明国风磨铜数万斤，拉开了中国铜器"文艺复兴"的序幕。

在此之前，中国人从未见过如此精良的铜，精炼若干次，灿若黄金。宣德皇帝高兴地下令将宫廷礼器全部重新铸造，仿照《宣和博古图》的式样，首批铸造各式香炉18000个，以示对宋代文化的尊重。这本身是一种无声怀念，目的在于续燃汉文化生生不息的香火。"大明宣德炉"在这样的文化背景中诞生，名噪六百年，从未间断，延续至今。

中国的青铜文化至此逐渐走远，黄铜以其优良品质登上历史舞台，宣德炉作为名角功不可没。自宣德起，宣德炉的铸造与仿造竟成了千古之谜，那些铸造精良、皮色优美、声音悦耳的香炉美轮美奂，迷住了一代又一代藏家。

刘锡荣先生偶然与宣德炉相遇，一发而不可收。不仅收藏，还深入研究，著书立说，续写了宣德炉的童话。这么多精美优良、形状各异的宣德香炉，在分散后又聚在一起，聚在一起又成书遗爱，让人相信世间凡事都要有缘分。

锡荣先生与宣德炉缘分不浅，我一饱眼福在先，欣赏之余，写下赞言。

　　谨以为序。

马未都

2009.8.20 夜

——本文原为《钟鼎铭香》序

宗古人之妙法，探宣炉之真谛

扫一扫，听我讲
本文背后的故事

将收藏做成学问，先得有兴趣，后得有耐心。古人染收藏癖好以来，收藏者众，绵延不断；著书者寡，凤毛麟角。纵观宋代以降的收藏专著，首推吕大临（1040—1092），其著作《考古图》为考古学开山之作；欧阳修（1007—1072）的《集古录》，赵佶（1082—1135）的《宣和画谱》《宣和书谱》以及南宋赵明诚（1081—1129）的《金石录》，也都为宋代收藏做了最好的注脚。而元明清三朝与之相关的著作有量没质，多为人云亦云，不追究深度。

收藏之所以能给后人留下一份财富就在于集文化于一书之中。宝物聚聚散散，古人为此没少感喟。历史上哪一部皇皇巨著也未能把收录其中的宝物看住，多数时候连宝物的去

向都不甚了了；但文化的集结，却能形成一种力量，这股力量可以传达，可能延续，可以让后人知道收藏成为文化后的魅力。

收藏的分门别类自收藏之初就已定型，金石、古玉、绘画、法书、陶瓷、织绣，按传承、按工艺流传有序。以门类而论，大项自古研究者趋之若鹜，但有大成就者寥寥；单项则入易出难，多为浅尝辄止，不做深究。宣德炉自明宣德一朝问世以来，因登场就获满堂彩，为此著说者不能算少数，但总有局限。

汇总局限，让局限不再局限，正是本书作者刘锡荣先生的初衷。按说《钟鼎铭香》已获出版，多数著者都会偃旗息鼓，马放南山,但锡荣先生却一鼓作气,继续写作《钟鼎铭香(二)》,将有关宣德炉的古今文献汇集,融进自己的新鲜感受,灿然成书。

过去此类图书多洋溢着学究之气,求稳求重,不惧生涩,其读者对象也仅考虑学者,算是同行交流,江湖论道。而《钟鼎铭香》两部著作不仅仅以图示人,作者还将自己的收藏心得写成诗词收录其中,甚至将保养使用之法也一并昭示;尤其第二部,作者把历代宣炉文典考证,著文收录其中,功德无量。另附"赏炉八箴""炉事十谨",也看得出作者对宣炉的挚爱。

我曾为《钟鼎铭香》写过序,讲了宣炉及中国人用铜的历史,讲了宣炉至高无上的历史地位。事过两年,锡荣先生又将《钟鼎铭香》第二部呈在我眼前。我年轻时做过编辑,深知一部书的下部比上部要难很多,但锡荣先生知难而上,内容也更上一层楼,那我也就乐意为此书再多说几句。

谨以为序。

马未都

辛卯仲秋

——本文原为《钟鼎铭香(二)》序

雕风镂月话吉子

扫一扫，听我讲
本文背后的故事

国人对木头的感情很深，古人尤甚。古时盖房都以木头为主，砖石为辅，这种木制框架结构建筑，成为世界七大建筑体系中的独特风景。

木头有许多长处，可以表达细节是其中之一。所以古人在使用木头时都会利用其长处，尽可能地表达细节。这种细节的表达基于一种愉快的心情，愉快的心情促使历朝历代的工匠们越发刻意，在建筑、在家具、在木头允许的条件下，工匠们操刀不辍，粗若游龙、细如发丝般表现雕刻技巧，传达出文化的精神。

而文化本身十分抽象，传达和记录难度很大。聪明的中国人便通过具象细腻地不厌其烦地将抽象的文化再现，变成每一个人都极易理解的故事，让生活变得生动起来。

在建筑构件与家具中，有许多关节点，本来用于分散力的加固。工匠们在实践中于此慢慢融进了一些生活情趣，让这些节除去功能还平添一分乐趣。久而久之，这种本是漫不经心的文化积累，竟然逐渐长成一棵参天大树，福荫后人。

这种节由于文化的介入，开始有名。北方人称之为卡子花，功能在前，文化在后；南方人则称之为花节，文化在前，功能在后。北方人多注重家具上的使用，南方人再加上一份门窗上的追求。北方风格简单朴素，南方风格细腻精巧。用材上，北方人总是顺势而为，南方人则喜欢变换材料，尤以黄杨木为最。黄杨木细腻易雕，色暖平和，表达雕刻之意游刃有余，构成了花节最美丽的天地。

沈墨宁先生集藏花节多年，多有精品，大部分结缘于家乡浙东地区。浙东地区得天独厚，背山面水，既有传统文化的厚重，又有外来文化的补给。宁波（明州）自古就是良港，从这里带走带回的文化和谐交融，形成了颇具文采的地域文化，反映到花节这个小之又小的细节上，即可窥斑见豹。

收藏的真谛在于文化的乐趣，沈先生结集出版，将乐趣广播，功德无量。

是为序。

马未都

2009.8.21

——本文原为《雕风镂月话吉子》序

大千世界，皆是颜色的天地

扫一扫，听我讲
本文背后的故事

换一种角度解释陶瓷的成因，是我长久以来试图做的。中国陶瓷太丰富了，五千年来一直伴随中华文明的成长。在整个成长过程中，陶瓷本身从内在到外在都有意想不到的变化，这些变化并不受单一原因的控制，也令人始料不及。

陶瓷倚靠在中华文明丰厚臂膀上得天独厚，由一棵弱小的幼苗长成参天大树，枝繁叶茂，泽及子孙。我们不过是享受这福泽的后人，在懵懂中陶醉，坐享其成。

《瓷之色》是一套书的开篇之作，写了一年，却想了十年。许多问题不是一夜想通的，积思顿释；功夫到了，总有一天恍然大悟，所以宗教给人的道理总是深刻一些。

▲ 南宋 龙泉窑梅子青釉侈口直颈瓶 观复博物馆藏

釉色是陶瓷的外衣。原始瓷器偶然沾上的釉点，启发了工匠的思路，施釉遂变成了主动追求；这一手段让陶瓷一天天地漂亮起来，也让陶瓷更加实用。陶瓷帮了古人多少忙啊，釉又帮了陶瓷多少忙，让陶瓷变幻多样，丰姿绰约。

以陶瓷装饰来看，两大基本手段——釉色与纹饰是陶瓷之美的左膀右臂，前者抽象，后者具象。中国人历来的抽象都不去涂抹，仅借意念表达。颜色对自然对人工的表达都需借思维再现，别无他途。中国陶瓷自诞生以来，先借瓷釉之色充盈这个世界，解释这个世界；然后再去理解这个世界，表达这个世界。路途漫漫，途中又有纹饰诱惑，路分两条，在最宽广处只为釉色留下一条狭窄曲折之路，难走却可通衢。

所有这些，我在写《瓷之色》时都切身感受到了，许多时候兴奋得难以入眠。前人的聪明才智不动声色，让白作为起点，黑作为终点，五色杂陈其中。实际上，这个大千世界无论是人为的天地，还是自然的天地，都是颜色的天地。

陶瓷文明是中华文明最丰富的一支，强而有力。千百年来，它无时无刻地不在证明自己的能力，最终代表了中国（CHINA）。这是一个奇迹，一个国家荣誉让一个器物（china）膺荷，身后需要蕴含多大文化含量；而在文明进程中，有多少障碍需要跨过，有多少困难需要解决；知难而进不仅仅凭借勇气，还要有智慧和信心。陶瓷正是这样，既然替中国人来了，不枉英名，挫锐解纷，和光同尘。

马未都

2009.11.10夜

——本文原为《瓷之色》跋

千文万华，星汉灿烂

扫一扫，听我讲
本文背后的故事

中国陶瓷的纹饰自宋以后才渐入佳境。早期彩陶的纹样多在传达人类文明童年时的幻想，稚嫩朴素。商周乃至汉朝，陶瓷纹饰倏然放弃了画笔，选择了利器，刻画成为主流，模印也加入装饰手段，让陶瓷表达思想开始借助形象，继而抽象。此时的陶瓷纹饰理念显然受高一等级的青铜文化影响。

三国两晋南北朝时期陶瓷偶见绘制纹样，至唐才在南方最不传统的烧窑地区——长沙异军突起，其纹样蔚为大观，惜唐代主要窑口的南越北邢都以素器著称，长沙窑的情感表达遂淹没在历史的长河之中。而随后到来的宋，陶瓷美学分野，朝廷崇尚色泽，民间喜好纹样，富于创造性的中华民族由此时开始，真正将陶瓷装饰导入绘制的轨道，让纹饰与釉色一

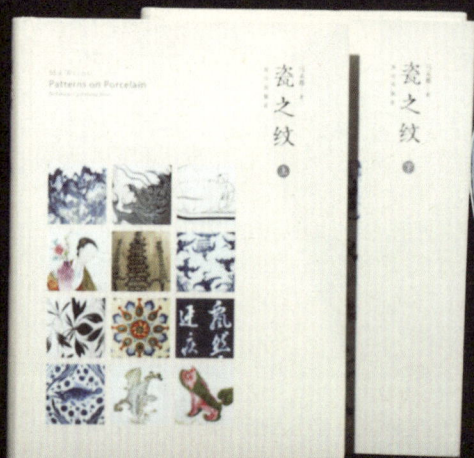

▲　清雍正 孔雀蓝釉暗刻云龙纹观音瓶 观复博物馆藏

同炫美。

一千年来，陶瓷在世俗哲学的笼罩下涂涂抹抹，刻意与随意并举。纹样的表达比釉色的表达直接，凸显生命力的顽强。在农耕文化圈，在渔猎文化圈，在游牧文化圈，多类纹饰都旺盛地表达着自我，让情感不再抽象，层次丰富地再现那个时代、那个族群、那个个体的内心，让隔着时空的我们能够与古人沟通。

写《瓷之纹》比写《瓷之色》就多这一道世俗的解释。它不需要站在哲学高度审视，只需深入其中拨雾现真。每一个人物、动物、植物，包括宗教、图案、文字都代表着或复杂或简单的社会含义。在一件人为创造的容器上寄托情感，表达愿望，继而形成一种独特的文化，此乃陶瓷的大幸。这个大幸还在于它积极融进了中华文化的滚滚洪流，不孤单却耀眼，虽独特又普及，让每一个中华子孙都能享尽其便，乐在其中。

《瓷之纹》也老老实实地写了一年，许多时候长时间坐在书桌前发呆。我最熟悉的陶瓷有时会因为深究忽然感到陌生，解释起来颇感费力。我无法把自己置于历史的任何阶段，但我又逼迫自己潜入那个时代窥探究竟。在陶瓷看似祥和美丽的身后，有着一层又一层的社会背景，文学的，美学的，哲学的，甚至玄学的，不定拉开哪一道大幕时你会豁然开朗，会恍然大悟，会知道追究与等待的价值。

陶瓷的价值自不待言，所饰纹饰的价值在于它让陶瓷千文万华，星汉灿烂。

马未都

2013.8.5夜

——本文原为《瓷之纹》后记

相识相知，苦乐共行

扫一扫，听我讲
本文背后的故事

　　我是先喜欢瓷器后喜欢木器的，从鉴定角度属于先难后易。中国古陶瓷跨度大，浩如烟海，一个外行人入门非得下番苦功夫，否则难以成事。古家具则不然，属于先易后难，进门容易，越往后越难。尤其我和张德祥先生认识的那些年，全中国无人作假，仿做古典家具仅有外贸公司残香一炷，君子坦荡荡，也没有人刻意作伪，只是为了换取外汇，因而当时硬木家具无伪可辨。

　　当时因出口限制，外贸仓库积压了许多紫檀黄花梨家具，红木家具倒是香饽饽，卖得比紫檀黄花梨家具还贵。北京那时有许多家信托商店，天天都可能出现被某个家庭淘汰的今天看是国宝级的古典家具，价格之低廉今天说来听着都晕，让人感到世道实在不公平。

我就是在这种不公平的年月结识张德祥先生的。他年长我几岁，性格温和，说话风趣，老北京那种圆熟处世风格得心应手；我那时在出版社当编辑，正赶上文学趾高气扬、文物低三下四的时代，但被他三两句闲篇儿弄得心驰神往。交谈中，可以看出张德祥对古家具的熟悉和热爱，所以我们的相识相知得以延续二十多年。

德祥先生虽然只年长我几岁，但这几岁是要命的几岁，让他在"文革"前成人，让我在"文革"时懵懂。我们的心理之差有两代人的鸿沟，他的出身和经历让他谨小慎微，凡事瞻前顾后，不像我永远都觉得光明在前，无所顾忌。而正是因为这种差异，让我们在一起时风趣无边，有点儿像说相声一样地一唱一和。

那段日子，我们经常结伴出行，以苦为乐。记得一次去天津，住下时已近半夜，三张床的招待所房间只住我们两人，13元一张床，我意欲租下那张空床，防止半夜入客惊醒我们，可他说省下的就是赚的，千万不要高消费。果不其然，下半夜招待所成心安排一个客人入住，客人蹑手蹑脚进屋，未开灯，一脚踢翻了床边的脸盆，惊得我们一宿未睡踏实。

这些生活中的喜剧一直伴随着我们的友谊。德祥先生是除陈梦家、王世襄前辈收藏大家之外最早涉足古家具收藏的人了。由于工作的缘故，他很早接触传统家具，很早认识王世襄先生。我与王世襄先生的相识还是他引见的。那时王先生孤独得很，一见我们去他家就舍不得让走，说东问西的，全然没有后来众星捧月的辉煌；很多时候夜深人静了，仍不见王先生有倦意，我们也很乐意奉陪。记得每次从王先生家中告辞，我们俩骑车一出芳嘉园胡同口就要分手，他向南，我向北，在清静的夜空中留下一串响亮的车铃声。

在家具收藏中，德祥先生为我指过许多路。他家处城南，城南有买卖传统，五行八作，干什么的都有。我特佩服他玲珑八面的市井哲学。我从小在军营长大，见的都是立正稍息的军人作风，而他却是商人后代，又从小赶上各类革命，养成了谨小慎微的性格。每次一起去买家具，他都会拖我的后腿，嫌我出价愣，扰乱行情；而我总嫌他计较一城一池的得失，会丧失战机。

后来想起这些，恰恰是我们俩之间的性格互补，成就了我们两个人后来的收藏。德祥先生慧眼识珠，总能在别人翻拣过的滩涂上捡拾到最耀眼的珍珠。他的多件黄花梨家具、紫檀家具都是收藏界的奇迹，都是充满传奇色彩的故事。这些绝不是凭空而来的，而是凭借他超凡的眼力和耐心。他自成一套家具理论，我以为是家具研究史上最生动最直接最有效的理论，完全是实战的结果，打败光说不练的理论家易如反掌。

与德祥先生聊天基本上离不开专业，他是我见过最发自内心热爱传统家具的人。二十多年前，没有任何功利思想，喜欢收藏古家具的人北京市掰着指头数不完两个巴掌，而德祥先生的眼力及经验堪称魁首。1992年，我说陶瓷，他说木器，出版了第五次收藏热最早的相关书籍，回首一想，已近二十年矣。二十年来，古家具由破烂变成国宝，作伪与辨识共同成长，留下的印迹清晰可见。

德祥先生善说不善写，与我多次念叨的经验之谈总未成书。其实我一直在等待他的书出版，想必一定有意思，一定不同于那些拾人牙慧的所谓专著。他有他的经验，比任何人都丰富；他有他的观点，比任何人都扎实；他是一个跨越了新旧时代老派的人，因而兼具新旧时代收藏家的气质。

德祥先生以自传体出书，让我也窥见了老友兼兄长为我所不知的点滴，其实人生都是由这些点点滴滴组成的，汇成小溪，终成江海。

谨以为序。

马未都

2010.4.1

——本文原为《大收藏家张德祥》序

圆明魏紫，隽永姚黄

扫一扫，听我讲
本文背后的故事

中国古家具收藏截至今日可以说告一段落。20世纪与之相关的大藏家相继作古，以美国人安思远（Robert Hatfield Ellsworth，1929—2014）先生的谢世为节点，圆满地画上了一个句号。在此之前的德国人古斯塔夫·艾克（Gustav Ecke，1896—1971）先生作为中国古家具收藏研究先驱，于七十年前的1944年出版了里程碑式的《中国花梨家具图考》；随后沉寂了一代人。安思远1977年在美国出版了《中国家具》，他的家具收藏甚丰，被誉为明式家具之王；此时中国正处于文化浩劫之中，古家具收藏大家学者陈梦家（1911—1966）先生因愤懑自杀。多年之后王世襄（1914—2009）先生谦虚地说："（梦家）最钟情的还是明式家具。如果天假其年，幸逃劫难，活到今天，我相信早已写成明代家具的皇皇巨著。这个题目轮不到我去写。"王世襄在他1985年出版的著作《明式家具珍赏》的扉页上醒目地印上"谨以此册纪念陈梦家先生"，高风亮节，以释情怀。

中国古家具收藏研究大家们相继作古，只留文字和与之相交的古家具，这些家具有些已进入了博物馆，有些易主进入藏家之手，有些尚不知去处……人亡物在，让后来者知道"水浮万物，玉石留止"的道理。中国清朝之前的学者们对传统家具轻视，认为家具于收藏领域处于末流，故未见专著问世，只是在明末文震亨《长物志》等著作中偶有提及，评判也仅停留在雅俗之间，未涉及人文研究。这一现象直到西人重视之后，国人才渐渐开始看重自己的这份文化遗产。

杨耀（1902—1978）、陈梦家、王世襄先生为明式家具的早期研究者，尤其杨耀先生与艾克携手合作，早在艾克的《中国花梨家具图考》发表之前的1942年就发表了《中国明代室内装饰和家具》论文，开创了明式家具研究先河；随后的陈梦家、王世襄先生都在民国后期起步搜集庋藏明式家具，最终由王世襄先生的《明式家具珍赏》推开了中国古家具收藏的久闭大门，迎来了持续三十年的收藏热潮。

三十年来，中国古家具的收藏形成了由外及内，由点到面的态势。外国人先走一步，主要是欧美藏家，最早成为气候的是美国加州的文艺复兴山庄（California's Renaissance

Heights）的中国古典家具博物馆。它于 1988 年成立，创办人是收藏家罗伯特·伯顿（Robert Burton），从次年起，这家博物馆兼学会出版了定期会刊，一共出版了 16 期。他们注入资金，以极快的速度收藏，当时中国改革开放刚刚开始，百废待兴，急需资金，大陆城市乡村发现的最好家具都途经香港去了美国。这家犹太人办的博物馆长袖善舞，请王世襄先生去鉴定讲课，又大张旗鼓地宣传，仅仅八年之后，他们就将全部收藏 107 件交付纽约佳士得公司拍卖，取得 100% 成交和单件破百万美元大关的多项纪录。文艺复兴小镇此后又恢复了平静。

这个商业之举比任何文化宣传都具有渗透力。从那天之后，美国东西海岸、欧洲的英法老牌强国、挟地利之便的香港及台湾地区都频频出现出手阔绰的买家，一掷千金，将 400 年以来历经劫难、劫后余生的中国古典家具奉若神明，从乡野到庙堂，完成了历史上从未有过的飞跃。

此时中国内地的经济处在黎明前的黑暗。每个人都急不可待地奔向新生活，一切现代化的家用设备都吸引着人们的注意和资金，可仍有少数人以有限的资金慢慢收集庋藏心仪的古典家具。当时社会的相关资讯不发达，也没有现在庞大的新红木传统家具市场，商家与藏家大部分还周旋于是否紫檀黄花梨红木这类浅显问题之间。由于渠道的限制，尽管古家具以奔涌之势流向国外，但仍有小部分在犄角旮旯沉淀下来，滋养了一小部分本土藏家。今天看来，弥足珍贵。

跨入 21 世纪，局势发生逆转。中国古家具发生了回流。尽管开始的回流凤毛麟角，但毕竟改变了单一向外的态势。在 20 世纪末和 21 世纪初，这种回流与外流处在拉锯之中，前后有十年时间，可趋势清晰，过去单向谋求资金的外流风光不再，相持的最终结果是古家具最终踏上了回乡之路。

美国加州文艺复兴山庄的那批赫赫有名的家具不少已回到祖国，前后不到一代人的光景。父辈为谋求资金忍痛割爱，又被子辈斥资豪情万丈地购回。这真应了过去的一句老话：三十年河东，三十年河西。此时家具研究也进入了百花齐放的普及时代，虽然没有可以和艾克、安思远、王世襄的划时代著作媲美的作品问世，但普及类的书籍大量出版，商业随之介入，吸引眼球的价格推动了家具收藏的社会化、通俗化，此时的家具收藏进入了拼钱的战国时代。

这时中国购买家具者分为藏家与炒家。炒家只期望在此中迅速渔利，藏家门槛随之提高。尽管如此，仍有酷爱古家具的藏家，不追求升值空间，以收藏为人生乐趣，持之以恒，汇溪成河，累土至岳。本书的庋藏即为实例。以《紫檀》《黄花梨》两卷，分作说明。

黄花梨古称花榈，其色温暖，其纹通达，故赢得文人喜爱。宋赵汝适的《诸蕃志》、明曹昭的《格古要论》、清《琼州府志》

都有提及。历代文献对黄花梨产地的描述趋向一致，产海南、有香味。尽管名字有所差异，但均指向黄花梨。仔细辨识，明清两代黄花梨家具用材多宽厚，纹理流畅，不似今日海南盛产的黄花梨，纹理色差明显，乱云飞渡。此现象两解：一为海南早年大树砍伐殆尽，今日之黄花梨为劫后余生；另一猜测，明清家具良材出自近邻越南。以肉眼观察，明清黄花梨家具用材更近越南黄花梨，色泽及纹理十分相近，且越南至今尚保留有直径逾米的大黄花梨树。不管古家具用材黄花梨出于何处，推测产地相距不会太远，置于同一纬度上。

黄花梨家具与紫檀家具相比，文人化倾向严重。明式家具的诞生实际上是依据宋式家具的理念。明式家具的基本形式在宋代绘画（包括壁画）都可以找到类同的例子。实际上宋明之间没有一条明显的界线，而明朝立国之初提出的口号也是反元复宋，故其文化观没有根本的冲突。

在明中期之前，名贵家具都以漆家具为主，最为奢侈的都是剔漆或朱漆之类，颜色强烈。再有就是髹漆家具，描绘算是相对于雕刻的简素之举。只不过明朝后期，由于平木工具的变革，刨子的产生让硬木家具的生产成为了可能。黄花梨、紫檀家具在明朝被称为"细木家具"，最详尽的记载莫过于范濂的《云间据目抄》："细木家具，如书桌禅椅之类，余少年曾不一见，民间止（只）用银杏金漆方桌。……隆（庆）万（历）以来，虽奴隶快甲之家皆用细器；而徽之小木匠，争列肆于郡治中，即嫁妆杂器，俱属之实。纨绔豪奢，又以榉（榉）木不足贵，凡床橱几桌，皆用（黄）花梨、瘿木、乌木、相思木与黄杨木，极其贵巧，动费万钱，亦俗之一靡也。"范濂生于嘉靖十九年（1540年），他少年时期不曾见细（硬）木家具，而隆庆开关之后，有钱没钱的人都开始追逐细（硬）木家具，这类硬木家具实际上从万历以后才开始流行。这与其他文献可以相互印证，也与现存的明式家具状况十分吻合。

本书收录黄花梨明清家具作品211件，带鼓钉绣墩、马蹄腿方凳、三碰肩罗锅枨长方禅凳，此三件坐具，有圆、有方、有长方，代表明式凳具的基本形态。绣墩亦称鼓凳，圆面鼓腹，有钉仿蒙皮之用，此为明式家具中少见品种；方凳与长方凳相比，在明朝家具中方凳反而少见，多见长方凳，这与明代人的审美及习惯有关。长方凳与方凳相比，方凳更显没有方向性，四面均可坐，而长方凳方位感强，一般仅坐两长边，短边坐上显得不甚礼貌。中国家具的使用礼仪庄重，细微差距实际上是一种提醒，让人在社交中注意礼仪的表现。

椅子与凳不同，可以凭靠，舒适度骤增。但椅具仍十分重视礼仪，尤其标准样式椅具。四出头大官帽椅、两出头官帽椅、天圆地方南官帽椅、顶牙罗锅枨灯挂椅、直扶手交椅，皆为素工，椅具的上半部不作任何装饰，仅在下半部寻求小小的变化。四出头的优美壶门、两出头富于变化个性突出的罗锅枨、南官帽椅下部采用与上部圆润完全不同的方材装饰、灯挂椅顶牙罗锅枨纤巧的曲线，以及直扶手交椅上的头枕，都将明式家具首重结构、次重情趣的理念表达得尽善尽美。

而无束腰霸王枨方桌、四面平大画桌、可拆卸酒桌、素剑腿小平头案、华表式平头案，都是素工桌案的典型代表：霸王枨方桌喷面宽绰；四面平大画桌面板与腿处理平整；可拆卸酒桌与素剑腿小平头案都属于静摆一隅之器，越素越好；而华表式平头案庄重大气，两侧档板云头厚重，让小翘头越发显得利索。

方材圆角柜、三弯腿长榻、直腿无束腰素榻，包括灵芝云头衣架、素半圆桌、三弯腿带托泥方香几等，都是明式家具的经典，装饰以少胜多，结构以牢为本。

另一类带有镶嵌物的家具也是晚明流行之风——嵌云石四出头椅、嵌云石方角柜、嵌云石七屏风式罗汉床。明末流行石文化，文人著述中多有提及。云石中似山类水、如云似雾的纹理深受明末文人的喜爱。嵌一点如四出头椅，嵌整片如方角柜和罗汉床，都是文人的追求，不分伯仲。这类嵌石家具入清之后就开始缺乏文人气息了，尤其到了清晚期，嵌石家具变得十分流俗。

明末的美学装饰多以繁缛为美，简素的黄花梨家具本身是个例外。繁缛之美在陶瓷上的表现最为经典，明朝嘉靖、万历时期的青花及五彩瓷器多以密不透风的装饰风格示人，这一点影响到家具上十分明显。透雕龙纹交椅、卷草纹大圆禅凳、花卉纹靠背圈椅、透雕花鸟五屏风式南官帽椅、联二闷户橱，以及攒斗月亮门架子床，包括七屏式双栏镜台，都以明末繁花似锦的纹样作为装饰手段，尤其花鸟纹，最能凸显明末的纹饰特点，明末文人闲花照水、弱柳扶风的心态从家具的纹饰上一览无余。

界于光素与繁缛之间的就是略带装饰的明式家具。剑腿二人凳，一束卷草令其生动；三弯腿长方桌，卷草纹与三弯腿曲曲相连，将柔婉表现彻底；展腿式猎桌，起阳线在牙板与腿足相接处饰以花形草纹，以少胜多；一腿三牙大画桌，双环卡子花与卷草飞牙留下两处完全不同的生动……凡此种种，都在表现明式黄花梨家具的绝妙之处。简素就不著一刀，让造型说话；繁缛就极尽工巧，让纹样眼花缭乱；中庸兼顾两头，落霞与孤鹜齐飞，秋水共长天一色。文人最知文人心思，明式家具中处处体现文人巧思、工匠手艺。

进入清朝，实际上明代文人与家具的影响久不褪色，清早期的黄花梨家具多数与明代家具无大异。变化都是一点一滴地完成的，所以今天严格区分明清两代家具实际上并没有可能。清代家具最初仍秉承明代家具的衣钵，真正得以改变面貌都到了雍正乾隆时期。尤其乾隆时期，父辈和祖父辈都已将政治问题彻底解决，疆域定鼎，繁荣与富贵由梦想成为了事实，这个事实开始影响清代家具的变革。

清初，黄花梨家具留恋明朝，大四出头官帽椅与围栏式小圈椅的联帮棍都是宝瓶式，这类联帮棍较之常见的俗称"猪尾巴"的式样大相径庭，显得极具装饰性。而双螭券口玫瑰椅的雕工传达着康熙之风，百宝嵌寿山石圈椅与明代嵌花鸟纹南官帽椅相比多了博古意趣，这些不经意的转变，都是明清过渡时期的文化特征，对清中期后影响深远。其实，明清文人化家具变革不甚明显，再看看乾隆时期的海棠形梳背椅，如没有海棠形这一经典造型，这类椅具多被归为明末清初；还有三碰肩罗锅枨方凳，乍一看为明式之风，仔细琢磨仍是乾隆之器。

　　桌与案作为承具，仍有高下之分。圆包圆长桌、有束腰半桌、四面平独板条桌，属于素器，变化都在结构之间；罗锅枨方桌、展腿式方桌、高束腰透雕炕桌，属于饰工之器，雕工手法与意图趋于一致，多为卷草与螭龙融和，或先或后，只求小处变化，不求大处革新。正是这样一种认识，让清初雕工一看便知。独板书卷翘头案、顶牙罗锅枨酒桌，这类素器入清渐少，案形家具开始注重装饰。螭龙纹大平头案，正面牙板满雕草龙；螭龙挡板大翘头案体积硕大，平板仅以拐子纹浅雕，但挡板螭龙体态庞大，间饰灵芝，显得十分丰满；带托泥平头画案，剑腿鸡心花小条案，装饰当在素与繁之间取中，恰到好处地把明清文人家具的优点呈现。

　　庋具入清全素之器不再受宠，带栏万历柜，四平方角柜，攒格书柜，万字纹方角柜，都开始或多或少地加强装饰。万历柜留下两侧与柜门的光素，但围栏与牙板施以装饰；万字纹方角柜与攒格书柜一闷一透，虽效果不同，但装饰出发点并无差异，让纹饰有了节奏。

床榻中的高束腰罗汉床，腿直足浅，围板上部外翻成唇，有别于明式经典；曲栎围子架子床，攒花围子架子床，雕花围子架子床，三床虽风格不一，一纵向一交叉一散点，各领风骚，但意图一致，充分体现清代风格的隽永。

其他如五足圆香几，高束腰内翻球方香几，升降式灯架，还有佛龛等等，从结构及纹样都可以发现清与明的不同之处，这些不同之处往往十分微妙，须用心体会。

"汇通典藏"主人收藏的黄花梨家具明清各占一半，许多重器曾多次出版。比如黄花梨攒花围子架子床，西方出版的研究中国明式家具的重要书籍少不了提及，这样的重器辗转多年多地，曾多次易主，也显示它的宝贵。又比如黄花梨螭龙纹大平头案，此案早年成对，五十年前曾被香港文华酒店购入一只，至今仍在文华酒店大堂陈列，这是另外一只，弥足珍贵。回想起来，"汇通典藏"主人有计划地收藏已逾十年，十多年来能保证一定财力精力支撑此事，不能再简单地说喜欢了，这里有主人的情感与寄托。尤其在一个人有了经历与阅历之后，再有了机遇，收藏就会成为人生的乐趣。

我与"汇通典藏"主人相识已久。最初聊天时我发现他对家具感兴趣并有感觉，随后的日子里就经常结伴出入海内外的古董家具店，也会光顾国际大拍卖行的拍卖。遇到合适的家具我们都会商量优劣，权衡利弊，多数时候会解囊相购，充盈收藏。收藏是人生的一种功夫，需要眼力和眼光，眼力是辨别力，眼光是判断力，前者证明真伪，后者估价值，缺一不可。从某种意义讲，我与"汇通典藏"主人的收藏交往，我出眼力，他出眼光；有时候也反过来两人探讨，让收藏的过程充满了曲折和乐趣。今天回想起来，许多事情历历在目。

这么多家具聚集在一起，这在过去是不可想象的。收藏就是这样，有无穷尽的乐趣，初期的乐趣往往都在价值之上，久而久之，文化就会起作用，商业价值反而不那么重要了。结集出版对这批曾经失散的家具是件功德无量的好事，对于自己也算是人生成就的一个总结。

此画册分成《圆明魏紫》《隽永姚黄》两套，收录紫檀、黄花梨两大类作品共 372 件。在今天这种商业氛围中能坚守自己的理念，能不半途而废，这套画册就是例证。

马未都

2015.2.22

紫檀在中国古代文人心目中地位崇高，它的定义清晰，西晋崔豹《古今注·草木》："紫旃木，出扶南，色紫，亦谓之紫檀。"此后唐（苏敬《唐本草》）、宋（苏颂《图经本草》）、明（王佐《新增格古要论》）、清（屈大均《广东新语》）都有学者记载，然产地不一，但都在印度支那半岛到我国的云南两广地区。而今天看到的古代实物表象基本如一，肉眼分辨不算困难。因名贵硬质木材加工受工具的限制，有年代证据的紫檀家具应不会早于明朝晚期。

明朝晚期的紫檀家具存世数量极少，大件家具罕见，首要原因是紫檀木少有大料，所以小件文房用具及摆设用紫檀木制作的反倒常见。由于紫檀木深沉的色泽经过打磨后闪着绸缎一样的光泽，在明朝低采光的房间显得雍容华贵，故明朝对紫檀家具设计讲究光素，不追求奢华。

本书收录明朝紫檀素器六件：鼓凳、四出头官帽椅、云石面带托泥长方大香几、三屉翘头小条桌、夹头榫平头案、圆包圆罗汉床，这六件光素之器都体现了明式家具收敛的意图。在低照明度的空间里，只有线条才能表现家具的内在之美：鼓凳的弧线，四出头的曲线，平头案、罗汉床的直线，大香几曲线结束时外翻的卷草，都将素朴之美推向极致。而另一件七屏式镜台，繁复的雕工密不透风，将明式家具另一个侧面展现，让我们了解简素与繁缛共存的明朝晚期。

进入清朝，早期仍受明朝影响。交叉枨三弯腿方凳、全素扇形南官帽椅、有束腰长桌、架几案、架格、有束腰榻、全素罗汉床、架子床等都沿袭了明式的简素之风，不饰一刀，连起线装饰都极为慎重，尤其紫檀家具，由于色泽幽暗，在低照明度之下形成的神秘感稍不留神就会被破坏。工匠在制作家具时小心翼翼，能减不加，尽量不做无用之功。

但世俗的力量总要改变社会，清初期对紫檀家具的态度悄然发生变化。工匠经过深思熟虑之后会添加装饰。菱花形带托泥绣墩、拐子鱼门洞长方凳、剑腿炕案、案形长榻，都在添加情趣装饰，或在束腰托腮处，或在腿足部，这类装饰都是点到为止，不期求喧宾夺主。但另一类装饰却大胆探索，将清式家具领入另一块领域。海马负书平头案，档板已将典故图案化，布局周正，寓意明确；另一件嵌云石落地屏风，超宽大的绦环板为上下两层，透雕双龙对首，腾云驾雾，极尽奢华之态，而两侧站牙仍坚守明代以来的素朴，不琢一刀，使之繁缛与简素成鲜明对照。

清代紫檀家具较之明代紫檀家具做了有益的探索，它把明代以来展现材料之美推向了展现工艺之美，两者难分伯仲。紫檀的材料之美体现在它与生俱来的质感与光泽之上，工艺之美则充分利用紫檀材料横向受刀不阻并可细腻表达的特点，让清紫檀在明紫檀之后浴火重生。

至乾隆，紫檀家具在宫廷重用下脱胎换骨。这次脱胎换骨源自康熙以来的西方纹样的输入。18世纪，中国与欧洲文化交流频繁，当时的欧洲流行刮"中国风"。至今在欧洲许多古老的建筑中到处可见中国纹样。同样，欧洲的洛可可、巴洛克的繁华装饰之风也深刻影响着中国宫廷。今天在故宫，在世界各地保留下的所谓"圆明园式"的家具，实际上都是那一时期文化交流的产物，只不过当时在圆明园某一处（比如西洋楼）颇为集中罢了。这类西洋装饰风格重纹饰改变，坚守中国传统结构，即便结构上有所借鉴，也能看出中国传统不变的本质。

比如西番莲包袱足方凳、西番莲三弯腿带托泥方凳、西番莲扶手椅、西番莲仿建筑高束腰长方香几、西番莲纹八角长香几、西番莲纹平头案等，都重视西洋纹样，加上中国文人及工匠的理解，极力表现新奇的西方文化，但在结构上，仍以中国传统家具千百年来总结下的优秀结构为主，稍加改变，以期与西洋纹样融合，做到引进与坚守的配合，且达到天衣无缝的效果。

这类被称为"圆明园式"的家具在圆明园中所占比例不会太大，只是非常抢眼。圆明园中的西洋楼占地仅 80 亩，而圆明园占地 5200 亩，西洋楼占地比例仅 1.5%。圆明园大部分地区还是传统中式，康雍乾三帝虽对西洋文化不排斥，但仍有非常明晰的文化原则，即本土第一的原则。这类西洋风格的"圆明园式"家具在今天的北京故宫中也有一部分，比例也不大，所以显得弥足珍贵。

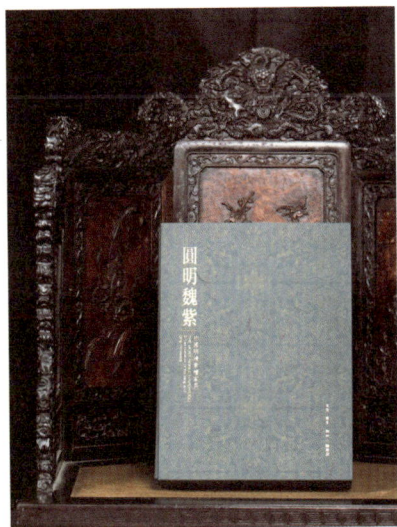

清乾隆
紫檀雕龙纹五屏风式小宝座
观复博物馆藏

　　另一类传统风格家具，由于受到西洋之风的冲击，不由自主地加强了装饰，让纹饰显得繁复，让时代之风凸显。比如象足宝座、蕉叶纹束腰长方大香几、嵌青花瓷板方桌、满雕梅花纹长桌、百宝嵌面三弯腿兽足长方桌、卷草半圆桌、八角独挺八方桌连凳、多宝格、顶箱竹纹方角柜、博古纹五屏风罗汉床等，这类紫檀作品完全摆脱了由明以来留下的紫檀风格，重装饰轻结构，让装饰成为追求的第一目标，继而拉开了紫檀与黄花梨两大类名贵家具的距离。而在此之前，紫檀与黄花梨家具风格接近，有的作品甚至完全一致，但至乾隆时期，这种现象几近消失。

　　紫檀毕竟早先以材质为最佳表现手段，光素之器对文人仍具有极强的吸引，少雕甚至不雕的紫檀作品乾隆时期仍存在，但此时的光素与明式的光素有本质上的不同，从结构上一目了然，例如：梳背椅、倭角高香几、包厢束腰条桌等，作品虽素，仍注重细节装饰，尤其是阳线的应用，让明式光素与清式光素有了一线之隔。

余下的紫檀小件家具，尤以屏为主，强调紫檀的特性，无论堆积如山的百宝嵌象牙圆芯插屏，还是百宝嵌山水芯桌屏，极尽雕工之能事；也有繁简相映成趣的，满雕龙凤纹文具长箱与鎏金铜活平顶文具长箱，一繁一简，都可以表现紫檀材质的特性，让观者能从不同角度欣赏感受紫檀的魅力。

"汇通典藏"主人收藏古家具多年，持之以恒。这些家具大部分我都参与了收藏的过程，也提过专业性的意见。记得当时国际上藏家以外国人为主，外国人收藏家具多以黄花梨为主，我就建议他在紫檀家具上多下功夫。此书收录的全素香蕉腿罗汉床，原为美国加州文艺复兴山庄的藏品，1996年由纽约佳士得公司拍卖，这类全素重器，在紫檀大件家具中凤毛麟角，充分表现材质特性一直是紫檀家具的追求；紫檀家具的存世量仅为黄花梨家具的百分之一二，精品少之又少，尤其西洋之风的紫檀家具，许多重器多年以来流传有序，易手一次十分不易。以现有的资料来看，本书内许多家具如西番莲平头案属孤品，紫檀宝塔目前公私收藏除北京故宫博物院有两对外，民间仅见这一对。这类木制艺术品算为家具是因为它完全为室内供奉陈列佛像之用，乾隆母亲笃信佛教，乾隆帝为其母在宗教供奉上不惜人力物力财力，这种奢侈的室内宝塔，实际上是在表示皇家的虔诚。不知何年何故，宝塔漂流海外，被英国一家博物馆收藏，2003 年正值"非典"爆发，在苏富比拍卖公司进入香港 30 周年纪念场出现，天时地利人和，宝塔回到祖国。这些家具曾得到外国人的青睐，流落海外百年以上，今天荣归故里实乃幸事。

收藏结集出版，我作为见证人理应著文为贺。

是为序。

马未都

2016.12.22

——本文原为《隽永姚黄》《圆明魏紫》序

智慧之光，力透椅背

扫一扫，听我讲
本文背后的故事

黄花梨家具让公众熟知不过十余年的工夫。二十多年前，文物大家王世襄先生出版《明式家具珍赏》，费尽周折，首印寥寥一千册，还叫卖了许多年。当时百废待兴，北京处理家庭旧物的叫信托商店，上海叫调剂商店，在这些地方随时都可以轻而易举地买到今天被称为国宝的明清家具。对收藏家来说，那个时代一去不复返了。

历史往前推个三四百年，那是明式家具制造的黄金时代，除去大名鼎鼎的优质木材黄花梨，还有国人津津乐道的紫檀、鸡翅木，后来紧跟的还有老红木。就是这些任何民族都不去利用的硬质木材，在中国古人的眼中是宝物，文人的设计，工匠的手艺，将黄花梨紫檀家具制作得炉火纯青，极尽工巧。

▲ 清代 紫檀雕如意云头背板圈椅 观复博物馆藏

　　明朝晚期，当富足的社会悄然来临的时候，黄花梨紫檀家具迅速成为上流社会的追逐之物，明人范濂《云间据目抄》载："隆（庆）万（历）以来，虽奴隶快甲之家，皆用细器，……纨绔豪奢，又以椐（榉）木不足贵，凡床橱几桌，皆用（黄）花梨、瘿木、乌木、相思木（鸡翅木）与黄杨木，极其贵巧，动费万钱。"明晚期江南社会的奢华，家具可见一斑。

　　入清之后，中国封建社会很快进入最后一个同时也是最长的盛世，18世纪的康乾盛世可以说是名贵家具生产的黄金时代。当时国家国力雄厚，支撑着国家高速度高品质地运转，而涉及家庭更多地体现在家具之上。封建社会与今天的社会有所不同，一般来说，家具是家产构成的重要组织部分。那个时期，一进门看家具陈设就知道主人的地位及财产状况了。所以很长一段时间，中国人都有让家具传宗接代的思想。

而正是这种让家产延续，继而让文化延续的意识，才让我们今天有机会看到这么多优秀的明清家具。尽管十九世纪以来，我们民族历经浩劫，内忧外患，尽管我们曾主动放弃过我们曾经追求过的幸福，甚至有意识地毁损过它，但我们还是幸运地保留了一些材质名贵、设计一流的明清家具。这让我们欣赏它们时还有些汗颜。

这本画册就是明证。历史不光是历史，还预示着未来。这么多明清家具济济一堂，不仅仅是靠财力办到的，还有眼力、精力和魄力。我与杨波先生认识多年，他的外表与内心差异很大。杨波语言谦和，说话总是不紧不慢的，但他内心总涌动着不安，这种不安让他眼光看得比别人远，胆略比别人大，步伐比别人快，所以就有了他的新黄花梨家具事业，就有了老黄花梨家具的收藏。

在杨波先生的一新一老之间，他的感悟一定很多，这由他一生慢慢叙说。我在欣赏这本画册之时，心中多有触动。古人凭什么制造出这么好的家具，以今天最苛刻的眼光去看，许多家具设计制造得也无懈可击。而我们今天的思维为什么都被限制得只能复制前人的作品呢？

当我看见本书封面时才茅塞顿开。一件圈椅靠背板，镂空塔刹纹，逆光如初升之日，光芒四射。佛家之塔，塔之宝刹，北魏杨炫之说："宝塔五重，金刹高耸。"一把黄花梨椅子就让我们看见了"金刹高耸"。我们以为今人能俯视历史，看见了那么多的宝贝，知道了那么多的思想。谁知在这样一把椅子面前，当一缕智慧之光力透椅背继而穿透历史之时，我们才知道应该仰视，因为塔刹在此，必须顶礼膜拜。

本画册文图皆美，颇具匠心，在众多的家具图册之中让人眼前一亮。书之好在于有观点，不人云亦云，拾人牙慧。摄影撰文两者合一，最大程度地表达了作者的意图和才华。细细读一读文字，品一品图像，再沏上一杯茶，就知道文明既有正面的阳光普照，还有黑暗中逆势而来的一缕暖光。

深夜之烛，远胜艳阳。是为序。

马未都

2012.3.6

——本文原为《杨波画册》序

家具制作中传达着民族精神

扫一扫，听我讲
本文背后的故事

    中国古典家具的设计与制作建立在相关的人文环境基础之上，而中国各地人文背景差异性很大，从而导致家具千姿百态，许多作品超出今人的想象。《凿枘工巧》试图说明这一现象。

    家具在农耕民族为主的国度中地位举足轻重，与之相关的文化形式体现着一个民族的生存意识。在中国传统家具中，以功能分类——休息类的卧具、坐具，工作类的承具、庋具，都包含着农耕民族最本质的生存原则。适者生存，在家具制作之中，传达的不仅是一个民族的物质，更多的是一个民族的精神，这个精神就是尊严第一，舒适第二。在任何冲突情景下，舒适一定让位于尊严。

▲ 明晚期 黄花梨罗锅枨长方凳 观复博物馆藏

以西方人看来，这缺乏科学精神，这也正是东西方文化永远发生碰撞的根本原因。中国人认为，精神与物质相比，精神永远在上，"形而上者谓之道，形而下者谓之器"。制作家具亦然，先有道，后有器。这与科学精神背道而驰，而千百年来，正是这种背道而驰的人文精神，造就了中国人的独特文化气质，家具文化不过为森林中的一木而已。

这一木依然撑起一片天空。一个席地而坐的民族转化为一个垂足而坐的民族，这里面包含了多少人文信息，许多信息不是我们可以感知的。整个亚洲地区，只有我们中华民族彻底告别了席地而坐的起居习俗，其他民族诸如日本、朝鲜、韩国、泰国、印度、尼泊尔，甚至伊朗、伊拉克都还或多或少地保留席地而坐的习俗，这让全世界不得不对中国刮目相看，是什么让中国先人们如此这般？

中国人的学习精神可以解释一切。中华民族之所以在四大文明古国中唯一延续至今而不间断，就是因为我们善于学习，肯于学习。我们屈尊向一切民族学习长处，让我们的文化立于不败之地。中国人历来注重在学习中创新，我们的家具文化深深地体现了这一点。

我们面对先人灿烂的家具遗存，材质可以忽略不计，地域可以忽略不计，但文化不可以忽略不计。传统文化在家具中的表现既在整体也在局部，从整体架构到细部的装饰，中国人把自己的聪明才智及情感都容纳其中，让中国人在生存中有尊严，在尊严中有地位，在地位中有舒适，在舒适中有享受。

而这一享受，无论从精神层面还是物质层面，都是古人和今人梦寐以求的。观者所见这济济一堂、大江南北的家具遗珠，包含着无穷尽的信息，不是任何一个人可以解释的。

是为序。

马未都

2012.3.22 改定

——本文原为《凿枘工巧》序

人文精神与科学精神的融合表达

扫一扫，听我讲
本文背后的故事

　　坐具成为中国人家居用具的必备应在唐代之后，席地起居改为垂足起居必然有一个漫长的过程。目前已发现的多类物证都在支持这一观点。新疆尼雅和楼兰出土的椅具与宋代之后的椅具大相径庭，反倒与罗马风格的椅具相近，由此可见椅具西来之说并非空穴来风。随后的魏晋南北朝的绘画（画像石及壁画）作品中，亦可以看到椅具的一般作用，尤其是宗教壁画中，高坐为一种精神信仰。

　　至唐代，中国人的起居变化大体完成。敦煌 473 窟唐代宴饮场面已将案与凳共置同一场景，只不过此时的案与凳同高平行，凳还是宽板长条大凳。某种意义上说，这场景还是汉代场景的延伸，人们多数还是盘坐于上，只不过离地而已。

到了晚唐五代，中国人的坐具才基本完成独座理念，比如著名的晚唐《宫乐图》，已形成案高凳低的特征，仕女不见盘坐，均垂足于凳，凳为腰圆形，一人一具，一改盛唐残存的汉风。而五代时期的《韩熙载夜宴图》已经将宋人的生活习俗提前昭示，椅具登场，作为室内陈设的主角反复出现，这一变化将中国坐具的完备定格于千年之前。

宋代之后，椅具成为了家居普及之物，名称也将性能之"倚"改为实质之"椅"。宋人看中的"倚"是"椅"，木质结构的随意将后世坐具文化演绎得淋漓尽致。所以有了官帽椅、圆椅（后称圈椅）乃至交椅，还有社会学的俗名太师椅，宋朝张端义的《贵耳集》一叫就是千年。

元明清以后，坐具已成为中国人起居不可或缺的家具，或方或圆，或高或低，或独坐或双人乃至多人。今天侥幸存世的坐具让后人可以有机会领略古人的才智与文化的遗存。此时高坐对中国人不再是简单的生理需求，在漫长的文化进程中形成了特有的家居文化。先是先秦及汉，坐姿就表明了人的身份等级，跽坐比盘坐严谨，符合礼制。散坐表明态度，宋代的许多佛像在传达一种自在信息。中国人说，坐有坐相，坐如钟，沉稳而重心偏下，这种坐的文化影响了坐具的文化，所以可见的历代坐具都在悄默声地讲究人文精神。

缘于此，中国古代坐具的舒适度让位于精神的渴求。我们优秀的四出头官帽椅、圈椅、交椅、靠背椅、玫瑰椅及各类风格的椅子，都把人文精神放在前面，在此基础上再考虑舒适。"S"形、"C"形靠背板，落差性的扶手，顺势连贯而下的扶手，三面接近高度的扶手，软屉，硬屉，相交而行，四足落地，加之西方人最怕的管脚枨，都在将古代坐具的人文精神与科学精神融合表达，让中国古代坐具在世界家具史上独树一帜。

此册《凿枘工巧》坐具篇集各类材质、多种造型坐具于其中。名贵材质与一般材质的追求虽有千差万别，坐具的功能使用与欣赏虽界限不清，但我们的先人头脑清晰，特别是我们民族用了几百年时间，从汉至唐彻底告别了席地坐，那随后就有义务将后人的生活装扮得更美好，设计得更舒适。

本图册的坐具沧海一粟，遗存至今，但亦能为上述文字图解。是为序。

马未都

2014.12.2

——本文原为《凿枘工巧——坐具》序

大漆家具，高格雅宗

扫一扫，听我讲
本文背后的故事

　　明式家具本是个学术定义，大约在 20 世纪前叶西方学者开始关注。由于西方人理解东方艺术有差异，他们更在意家具的框架结构，欣赏家具的大格局，于是所谓以简约风格为主的"明式家具"一词诞生，影响了随之跟进的一大批中国学者。

　　毕竟明式家具是地道的中国艺术，在理解度上，中国学者明显高于西方学者一筹。在杨耀（1902—1978）、陈梦家（1911—1966）、王世襄（1914—2009）、朱家溍（1914—2003）、陈增弼（1933—2008）等大家的研究下，明式家具的硕果迭出，大大拉开了与清式家具的距离。由于大家们对清式家具持有偏见，均少出笔，至今未见清式家具有像样的研究成果问世，随着前辈大家的故去，中国明清家具以明显倾斜之势，厚明薄清，此局面可能会在未来若干年得不到改善。

中国古代家具有过革命性的改变，由低向高完成了质的飞跃。席地坐转为垂足坐，视野的变化倒在其次，更重要的是观念的改变。高坐让中国人的起居从亚洲彻底脱离出来，与周围席地而坐的诸民族划清了界限。尤其宋代以来，国人自觉不自觉之间把以前几千年形成的许多文化悄然改观，价值重新体现，以唐宋为界，享受了千年一变的起居文化。

席地而坐的古中国人不知垂足而坐的中国人的幸福与便利。《礼记》中"群居五人，则长者必异席"到了宋代就成了久远的记忆；宋代人讲究的是"胡床（交椅）施转开以交足，穿便条以容坐，转缩须臾，重不数斤"（宋·陶谷《清异录》）。上古的礼制严格，中古的世俗享乐，从中国人的坐姿上即可知晓。

明隆庆开关之后，平木工具的革命，加之中国人固有的材质观念，优质珍贵木材登上家具的大雅之堂。紫檀、黄花梨、鸡翅木等硬质良材作为家具用材自此时始。前辈研究者所盯住的"明式家具"也大都取材如斯，所以明式家具一枝独秀，以其优雅的造型、优质的工艺、优良的木材、优秀的文化理念，在半个多世纪以来为学者关注。

但明式家具之前又是什么家具理念掌握家具的命脉呢？

中国人是全世界使用漆最悠久的民族，至少在七千年前的河姆渡文化中就有漆碗出现了。漆的两大功能——防腐和装饰，很早就被中华民族的先人利用，我们今天可见的大量楚汉漆器，唐宋元明清的漆器，风格不一，美不胜收。

周代的礼制形成，将家具源流记录在案。《周礼》中家具涉及多且广，几、扆、案、床等等，不仅有文字记载，大多都有实物出土，多数出土家具都可以寻见今天家具的影子。这些家具除去铜质家具，余者多为漆制，单色漆与彩色漆均有，保存至今日，实乃大幸。

河南信阳长台关一号墓出土的战国六足黑漆彩绘大床，湖南长沙浏城桥一号墓出土的战国漆木凭几，湖北当阳赵巷出土的春秋漆木彩绘俎，湖北随州曾侯乙墓出土的战国漆木禁，山西大同司马金龙墓出土的北魏红漆彩绘屏风，无不传达着漆与木在上古家具中不可割裂的关系。这层关系一直延续至唐宋元明时期，只是在明晚期由于硬质名贵木材的出现，才让中国家具有了分野，硬木与蜡，软木与漆，让中国家具各显神通。

漆制家具又分两路。宫廷贵族一路以厚漆动刀为贵，凡剔犀剔红乃至剔彩一类，都以深刻为尚。这类家具极重欣赏，不重使用，故生产与存世甚少。另一路髹漆为本，无论单色朱黑，还是彩绘描金，都将漆制本能尽现，纯色表现单纯，彩绘极尽工巧，让后人有幸在今天还能看见各色中古或近古

▲ 清康熙 红漆彩绘填金顶箱柜 观复博物馆藏

家具。本图册略收一二，即可让我们领略家具之古意，有别于近些年看惯了的光滑细巧的"明式家具"。

大漆之大乃尊称，中国人称高尚之人之物为大。大漆即天然漆，我国特产。漆树在中国分布极广，长江黄河流域都有生长，割树取漆，由生制熟，让大漆成为古代中国最广泛的防腐装饰材料。由于漆膜坚硬耐磨，作为家具的保护层，让中国人至少使用了三千年。

三千年来，中国人制作的大漆家具难以数计，我们今天有幸看见的不会超过万分之一二。漆艺复杂，披麻挂灰，使用多舛，年久失态，故完整存世于今更是寥寥。大漆家具高古者多为明中叶之前，甚至可以上溯至宋元，故漆膜形成的断纹璀璨夺目；后又被好事的文人赋名"流水断""牛毛断""梅花断""龟纹断""蛇腹断""龙鳞断"等等，极尽渲染，令不解者不解，令着迷者着迷。正是古漆持久天然形成的缺陷美，让大漆成为高古家具的代名词，继而成为有识藏家追逐的宝物。

自打"明式家具"一词问世之后，学者及藏家共同掀起一股热潮，学者极尽所能将"明式家具"擎起，藏家趋之若鹜搜集天下美器。非常物质化的国人惯以材质论高下，喜闻乐见的紫檀、黄花梨等成为时代宠儿，于是材质第一，美学第二，而大漆家具研究和收藏因此双双落伍。

但社会总有慧眼识珠者。刘传生先生经营古家具三十余年，由早期河北集散地转战京城，过目古家具逾以万计，看得多了，想得深了，就知道古家具的高下优劣，就知道古家具除材质之外还有另一套评判标准。日长年久，就有这本《大漆家具》，高格雅宗，古风习习。

大漆家具乃中华古家具之宗，所谓"明式家具"仅从中撷取一枝，简明扼要地体现明晚期社会富足时拜物心理，紫檀貌如绸缎，黄花梨状似流水，都极大地满足了社会的奢华心态。而大漆家具，形之高古源于民族久远的积累，色之沉着反映着宋文化深不可测的底蕴。而明清丰饶之时的社会，仅留给它一席之地，那我辈就不能再如此这般下去。

我与传生先生相识已久，他为此书孜孜不倦的精神令我钦佩。想必他为此书熬过不少夜，费过不少神。我深知写书之苦，尤其家具，搬搬弄弄都是难事。当我看到古老的家具置身于古老的寺院之中，心中感慨油然而生，我们的民族之所以延续至今，就是因为有这些不计一城一池得失的人们。

为文化呐喊，于我已是天职。是为序。

马未都

2012.6.20

——本文原为《大漆家具》序

共享民族千年文化积淀之福

扫一扫，听我讲
本文背后的故事

　　收藏于我本是私事，可一来二去成了公事。尤其做了电视节目，大众媒体传播又快又广，百姓的需求又多又杂，许多话说了就忘了，连自己想看看自己怎么说的都成为奢望。恰好出版社找来，击掌为庆，节目成书。

　　但这不是节目的文字实录，需要增删改动完善，工作量比想象的大，补充知识，补充图片，为的是让读者多些阅读乐趣，在乐趣中对收藏、对文化有所斩获。

　　收藏是一个话题，社会上相关新闻天天会有，用心吸引百姓的眼珠，挑动百姓的内心。但凡稍有心动，就会解囊，而面对琳琅满目的中国文物，大部分人会手足无措，喜欢而不敢喜欢，这种滋味早期谁都会有，很正常，原因是文化对我们构成的诱惑太大。

这种诱惑会长久缠绕。我们生在长在这块文化土壤中，不管你在意与否，你都会受其营养滋润，让你在不知不觉中强壮身心。一个中国人，真的有资格自豪，五千年文明延续未断，各种文明的证物随处可看甚至可取，这不是中国人的福气吗？！

儿时听过句老话：只有享不了的福，没有受不了的罪。过去国家穷，每个国民跟着穷。我们这一代乃至上一代人都受过罪，那时收藏和文化都成了奢望。今天国家富了，国民也跟着富，真到了享福的时候这个福就大了，多少有些让人享受不了。这个大福就是民族千百年来积累的文化，浩如烟海。那么好，我们一同慢慢享受吧！

是为序。

马未都

日子过得快，晃晃悠悠又一年。《醉文明》（三）（四）又出版了，春种秋收，自然都是喜悦。我与读者同样期待。

马未都补记
——本文原为《醉文明》（三）自序

在中国文化的汪洋大海中浮沉

扫一扫，听我讲
本文背后的故事

　　借物说古，借古喻今，讲的都是道理。道理有大有小，大至哲学，小至俚俗，大至国家，小到个人，都对我们有一份滋养，至少平添一份乐趣。做电视节目，其实一开始就本着这个态度，放下架子，与观众平起平坐；再把节目汇集成册，算是搂草打兔子，额外有一份收获。书有一个好处，随时随处可翻。

　　也许节目中有的话说过，那也不妨再说一遍。知识就是这样，场合不同，时段不同，能量就不同。如同有的古诗，每十年一读，感受就会有所不同。原因也简单，就是你人生的阅历经历所致。我的人生已过大半，有资格说这带有总结意味的话。

　　孔子说过"有教无类"，电视的气场是个典型的"有教无类"

的场所。站在电视摄像机前，你只能看见现场观众，看不见千家万户，不知观众态度。所以说话就要周全，想到每一个可能，照顾每一位观众。实际上，我知道这是一个不可能完成的任务，但也要硬着头皮上。每一场节目后面都有绞尽脑汁的策划，都有众多人员的共同努力，我不过站在台前而已。

说这话真不是谦虚。在中国文化的汪洋大海之中，大船小舟都是一片树叶：能浮是你尊重它，是它接纳你；能沉是你适应它，是它教育你。浮沉之间，知微知彰，知柔知刚，焉有不知足者？

《醉文明》一年两本，已出四册。五册理应作新序，为的是读者。读者是我坚持下去的理由，知恩图报，"仁不轻绝"。

是为序。

2013.9.14

《醉文明》（七）（八）又要出版了，看着一年比一年厚的书，感受最强烈的是春华秋实。所有的付出在结集出版之日都已得到回报，这回报我愿与读者共享。

马未都补记

2015.9.10

——本文原为《醉文明》（五）自序

自由随意，人生快事

扫一扫，听我讲
本文背后的故事

　　此套书已出版八册，曾写过两个序。事隔几年重读旧序，仍觉得话说得分量已足，再说都是赘言。新瓶旧酒，越久越醇；赏的是瓶，品的是酒。对于读者，饮之通泰为上上；对于作者，观之欢愉则为中上。均为人生之快事也。

　　人生快事自古多样。明末清初有个文学批评家叫金圣叹，名字自己改的，听着古怪，含义很深。他对《水浒传》《西厢记》《左传》都有过批评，尤其对《水浒传》和《西厢记》的评点详尽细致入微，眼光独特犀利，同时代乃至后时代的学者都给予极高的评价，连顺治皇帝都说"此是古文高手，莫以时文眼看他"。但金圣叹命运不济，因冤问斩，刑前畅饮，边酌边说："割头，痛事也；饮酒，快事也；割头而先饮酒，痛快痛快！"

　　由此可见痛快之事因人认知而不同。写作为先，饮酒为后，《醉文明》丛书基于此才有"醉"字。我们的文化源远流长，沉淀厚重，享受容易解释难。几千年来，国人在其文化的滋润下，享受其果忽略其因，而我们仅是解释其因，养护其果而已。因果之间相生相灭，亦可以看成因果互为，所以佛教说：无为无因果。

　　这书不是写出来的，是说出来的，故人生之快事。说出来的书比写出来的书多一份自由，少一份拘谨。想想四大名著前三部，《三国演义》《西游记》《水浒传》都是说出来

再落成文字的。三部巨作流传甚广缘于初始的自由、提炼的随意。自由与随意就成了书籍的某一种状态，于是就有了这部《醉文明》。

看书、读书、说书、著书古之四事，此四事于观者介于看读之间，于作者介于说著之间，其中差距微妙，感受奇特。看书之看为阅，读书之读为学；说书之说为泄，著书之著为垒。阅、学、泄、垒乃四种与书相关的状态，勾连你我，组成了这个纷杂的世界。

唯一值得赞叹的是，我们所处的世界积累了先人的文化遗存，我们仅是继承者，坐享其成，无法言谢。

是为序。

马未都

2016.11.19 凌晨

——本文原为《醉文明》修订版序

古人的情趣及憧憬

扫一扫，听我讲
本文背后的故事

人类早期的艺术追求中有一个不可或缺的因素——乐趣。乐趣是支撑人类文明发展的动力。今天的人类在感谢祖先的同时，一直都在寻找祖先乐趣的证据，这个证据很多时候对我们非常重要。

我们通过证据可以精确了解祖先的生活轨迹，了解文明的进程。在文明的进程中，除去金戈铁马的战争，就是平和恬淡的生活。恬淡的生活之暇，古人将人生的情趣及憧憬融进陶瓷小动物之中，以填充精神需求，从高层次的含义上讲，是社会学的精神表达。

这种表达，就不仅限于乐趣了。

在中国古代陶瓷收藏领域里，夏德武先生的收藏独辟蹊径。集个人之力，经过多年的努力，终成这样一份收藏，并初成系列。难能可贵的是，他在收藏过程中，注重研究，并有考证，让人钦佩。

雕塑艺术在美术史的地位仅次于绘画。如严格区分，硬质材料的创作为雕，软质材料的创作为塑。陶瓷是由软及硬的材料，其特殊性使艺术创作的空间加大，变得灵活。当古人发现这种灵活特性时，创作变成了精神寄托。每一个对生活有所追求的人，都可以在这个艺术空间畅游。

我们无法知晓这些不具名的艺术家。他们把当时对生活的理解、企盼融进陶瓷动物玩具之中，强调精神的追求。这种追求，充盈在中华文明几千年的宝库之中，让后人多一份享受，多一份敬意。

国人的雕塑史，不在乎形似，在乎神似。我们自古就缺乏科学解剖精神，故对形体准确与否并不在意。但国人的以人文精神为本的哲学追求，反映到一个小小的陶瓷动物之中，仍可以看出东方文化的美学含义。

这种美，可意会不可言传。正是这种美，教会了国人尊崇"老庄"哲学，以自然为贵。

相信读者高明，理解生活的乐趣，每一个人都是大师。

是为序。

马未都

2007.12.16 于观复斋

——本文原为《中国古代陶瓷小动物》序

隔着时空与古人沟通

扫一扫，听我讲
本文背后的故事

陶瓷的初始目的只作为容器存在，而容器是文明程度的精确代表。在此之外，陶瓷还以独特的成型能力制作塑像，作为容器的补充，为文明进程增光添彩。

瓷塑由软到硬，一旦烧制成型便不再能更改。它与雕像创作理念不同，不做减法，而是无中生有，随心所欲。捏塑心目中的形象实际上在寄托自己的情感，所以我们看到这些人物形象，都能准确地表达那一历史时期古人的精神风貌。上古时期文明初始，人类表达自己乃最高精神境界的追求，这一点十分容易被后世忽视，所以早期陶制人物就显得弥足珍贵。中古时期由于农业革命的成功，由于畜牧业的发展，无论怎么改朝换代，人物塑像都在反映那个时代的特性：汉

▲ 清乾隆 豆青釉三酸像 观复博物馆藏

之欢快，唐之开放，辽之向往，宋之安逸，金元之世俗，都在借用人物无言地诉说自己所处的时代。近古时期，手工业及后来的工业迅速演进，将瓷塑变成信手拈来的寄托，陈设也罢，亵玩也罢，有无精神已不再重要，关键在情感的宣泄。

凡此种种，如观者能细心揣摩，都能隔着时空与古人沟通。人物的表达比动物高出一筹就在于人与人可以无限度地沟通，可以有限度地理解，这就让古人没有白辛苦，让今人有收获。

六年前，我曾为夏德武先生写过一篇序文，那是他收藏的古代陶瓷小动物，今天又看到他收藏的古代陶瓷小人物汇编成册，欣然再次作序。这两本图册联系起来，可以看到古人在陶塑上的全面追求。尽管这类偏门的收藏及研究在过去属小技，难登大雅之堂，但在我看来，正是这些独门小技，才构成中国文化的洋洋大观。

是为序。

马未都

2014.2.12 夜

——本文原为《中国古代陶瓷小人物》序

耽于养尊处优，忘记了时间的存在

　　远古时代没有时刻概念，日出而作，日落而息。尤其农耕民族，不大会计较时间的长短。中国人在三千年前的西周就开始使用一种计时工具——日晷，可至少六千年前的古巴比伦人已对它习以为常。

　　日晷利用太阳照在带有刻度的晷面，通过晷针留下的影子来计时，这是人类在天文领域的一项重大发明，对人类文明进程影响至深。当人类有了时间概念时，日子就变得具体。由于日晷在没有阳光时的局限，人类又发明了漏壶，由水流量测出具体时间。这一发明在日晷之后，二者珠联璧合，让古人在白天与黑夜中享受着时间流逝的快乐。

　　有意思的是东西方计时最初采用的都是二十四分制，即一日分成二十四等分。在中国，还有二十四节气。这一现象与人类的一般计数习惯不同。不以十进位制，使用显得不甚方便。人类的手指数为十，计数便以此为基准，但为什么计时弃十进位而使用十二等分呢？

古人观察到：地球绕太阳公转一圈大约三百六十五天，被称为年；月亮绕地球公转一圈大约三十天，被称为月。年除以月便得出了近乎十二的商数，这也就是古人计时的初衷。西人将十二在一日内再次等分，昼夜二十四时；中国古人将时辰仍按十二等分，子、丑、寅、卯、辰、巳、午、未、申、酉、戌、亥，一说子午就知夜昼。宋以后，细心的古人再次将时辰分成时初与时正，恰与西制吻合。

唯独刻与时早期不同。早在周代，古人把一昼夜均分为一百刻，此时的"刻"的本义就是在计时器上刻出标记，这种百刻制一直应用到汉代。隋唐以后，百刻制与十二时辰并用，换算变得十分不方便，中国人渐渐将刻与时结合，把一天的百刻制改为九十六刻，即每时辰八刻，时初四刻，时正四刻，每刻合西制十五分钟。

至此，国人与西人在计时理念上没有了冲突，都以12进位为基本原则，这就为日后钟表的风行打下了良好的基础。钟表是个外来概念，国人城居，自汉后就晨钟暮鼓提醒时辰，不过汉魏时晨鼓暮钟，唐时改为晨钟暮鼓，故唐诗中有"朝钟暮鼓不到耳，明月孤云长挂情"（李咸《山中》）之句。

宋以后晨钟暮鼓不仅为文人行文意象，也是百姓作息习惯了的准则。

除天文计时外，古人为摆脱不便，期望物理计时。最早带有机械的计时器实物叫影钟，出土于 3300 年前埃及的法老陵墓。这种机械日晷后来被罗马人加以改进，成为便携式日晷。另外据法老的墓志铭记载，至少在 3500 年前就发明了水钟，与中国古代的漏壶有些类同。

由于西方机械计时器的出现较早，古希腊与罗马的贵族们就形成了极强的时间意识，柏拉图说律师们是"受水钟驱动而从无闲暇的人"。水钟的计时在希腊与罗马的宫廷中很普遍，用来限制发言者的滔滔不绝；而在那时的运动会上，水钟为径赛计时。

所有这些，都催生了纯机械钟的发明。摆脱水流产生的动力而设计完全机械的计时器是一个划时代的飞跃。这个飞跃完成于公元 13 世纪，那时正值中国金戈铁马的元朝。元朝人粗枝大叶的性格与机械钟发明者欧洲人（一说德国人）的矫情成了鲜明对照。世界上有记载的第一个机械钟可能就在此时诞生于法国或意大利的教堂中，意大利诗人但丁的《神曲》中有过清晰的描述。

最早的机械钟结构复杂且体积庞大，只能用于公共环境之中，以至今天在欧洲各地都可以轻易看见各类不同式样的大钟，每每报时会发出悠长的钟声。作为家庭的日常配置，至少要在 16 世纪之后，那时的德国工匠发明了发条，将钟表小型化并可以便携，这一发明让欧洲人具有了更强的时间观念。

从那以后，钟表一天比一天精致，成了欧洲人的骄傲。当欧洲渐渐崛起之时，他们开始把钟表带到古老而神秘的中国，向中国皇帝进献。那一年是中国明朝的万历年间，具体实施者是意大利传教士利玛窦。利玛窦传教过程非常艰苦，从 1577 年葡萄牙里斯本出发，途经印度，至 1583 年才进入中国广东肇庆。后到过南京，又到过南昌，1598 年到达北京，因故又返回南京。直到 1601 年，他才以近 50 岁的年龄进入紫禁城，见到了万历皇帝。直至 1610 年去世，葬于北京。

利玛窦给万历皇帝的见面礼单中有两架自鸣钟，一大一小，大的置于宫内专司报时，小的则随身携带以解好奇之心。这是西洋钟自发明三百多年后首次进入中国，从那以后中国才知道自我的差距。入清以后，康熙、雍正、乾隆三帝都对西洋钟表非常感兴趣，加之中国处在帝制的最后一个盛世，引进的与自制的钟表不胜枚举。直至民国，钟表才普及至千家万户平民百姓之家。

由此看来，钟表本不是国产之物，所以中国人对钟表的好奇超过收藏，对钟表的使用超过了解；民国以降，收藏家多如牛毛，但收藏钟表有成就者凤毛麟角，有研究者就更为罕见。

我友庆龙，年轻时喜欢音乐，远渡重洋，登上英伦三岛，日久生根，继而对中国文化、英国文化都有了解。随年龄阅历增长，对国人既熟又生的钟表渐感兴趣，遂加深研究，心得积累多多，收藏蔚为大观。我去英国旅游之时，庆龙如数家珍般地一一向我展出，兴奋自豪溢于言表。对于钟表，我是外行，在国内看见的图册不外乎故宫的皇家收藏，基本限于当年清朝外交的贡品；而庆龙的收藏，已构成西洋钟的历史脉络，让我们有机会欣赏到艺术与科学浑然一体的魅力。

对于异域文化，我的一贯态度是兼收并蓄，取长补短。要想深刻地了解自己，必须尽可能地知道对方。国人自古以来就缺科学这一课，尤其近现代的历史，由于我们长久的领先，让我们耽于养尊处优的乐趣之中，忘记了时间的存在。

西洋钟表的制作历史，对我们应有一个启示。

是为序。

马未都

2014.10.2夜

——本文原为《时光技艺》序

炫中国传统文化之富

　　老派的收藏过去都讲究秘不示人，自娱自乐，最多请三五知己，半请教半炫耀地展示一番。按今天流行的话说，叫"低调的奢华"。这种低调的奢华一直伴随着古老的收藏文化，尤其过去的收藏家大都是文化翘楚，深谙个中之道，富贵不淫，宠辱不惊。

　　可今天的收藏却是另一番景象，热闹非凡，大张旗鼓，有让天下为之一振的气魄，把个滩涂拾贝的悠闲搞成了拉网式的捕鱼，丰收倒是丰收，只是缺了乐趣，少了优雅。

　　当收藏大潮涌来的时候，海滩上一派欢呼雀跃，但总有气定神闲者，按自己的思路和方式在其中徜徉，选择自己喜欢又适合自己的猎物，以耐力换得成果，最终获得一份满意的收获。

▲ 汉代 石雕龙纹砖 观复博物馆藏

　　蔡国庆先生以唱闻名，却不沾沾自喜，工作之暇悄然走入收藏天地，由浅入深，由近及远，慢慢地选择一个古老的题材作为收藏的主题，这就是龙，中华民族几千年来形成的文化图腾。

　　龙成为中华文化的图腾至少用了五千年时间，它一点一点地完善起来，由模糊不清到清楚具象，由随性表达到专注刻板，最终形成了我们今天见到的样子，全世界其他民族也欣然接受了它。这个能上天入水，翻云覆雨，能幽能明，能长能短的"神"的形象，对中华民族精神层面影响至深。它以"九似"取各家动物之长：角似鹿，头似驼，眼似虾，颈似蛇，腹似蜃，鳞似鲤，爪似鹰，掌似虎，耳似牛。九为阳数之尊，集飞、游、走、爬等各类动物于一身，充分体现了我们民族的想象力，满足了我们日渐丰满的情感。

收藏选择一个主题可以事半功倍。尤其不以投资为直接目的的收藏，选择一个自己钟情的主题会让收藏有目标，有内容，进而有收获，有乐趣。国庆用了十几年的时间，集腋成裘，当他抱来一摞书稿请我写几个字时，我才发现收藏之花什么时候开放什么时候美丽。

国庆以龙为主题，官窑瓷器为主，间或其他门类。他把他的收藏故事及心理活动娓娓讲述，毫不矫揉造作，让人知道他歌喉之外的能力与爱好。一个人以己之长粲然入世，取得成绩有目共睹；以己之短聊补慰藉，亦能获得一份成果，这才是收藏真谛。

这些年，收藏类的图书雨后春笋，但如国庆这份清新的收藏又能编辑成书者并不多见。思路好还要有恒心，诱惑多且不受诱惑。此书不仅为国庆自己作为纪念，也为这个纷杂的时代留下纪念。

是为序。

马未都

2015.8.1

——本文原为《龙骧：蔡国庆的收藏主义》序

三百六十五天，天天有喜

扫一扫，听我讲
本文背后的故事

　　收藏有多种境界。持之以恒算一种，一掷千金算另一种，另辟蹊径也算一种，不同境界都能有所收获。至少三十年以来，收藏领域的诸多成功者都沿着热衷的道路渐入佳境。

　　收藏行为本是一种物质加精神的综合追求，它在不同时期会满足人们不同的生活取舍。这个过程往往从物质开始，在不知不觉中滑向精神，当精神占了主导之后，收藏就会显得其乐无穷。这一点非亲历者不能感受，翻开这本以"喜"字为主线的日历书，这种感受扑面而来。

　　三百六十五日，三百六十五页，三百六十五件，这些物品有古有今，大至清代大床，小到妇女发簪，凡民间结婚喜庆之物，都纳入书中，让今人知道了过去的喜是双喜，双喜才是真正的喜事。

喜字按《说文解字》解释：乐也。乐者，五声八音总名。五声：宫、商、角、徵、羽；八音：金、石、丝、竹、匏、土、革、木；两者均出自《周礼》。五声八音囊括了肉声的直接表达和器乐的间接表达，而这一组总和就叫作"喜"，可见古人对喜之重视。

喜字何时作为双喜字"囍"在婚庆时出现目前尚不确定。相传宋人王安石洞房花烛、金榜题名双喜临门，他一高兴在一斗方上书写了一个大大的"囍"字，使这个新创的装饰字流入民间。但民间文物似乎不支持这个说法。明代以前的文物上从未发现有"囍"字出现；到了清代雍正年间，相关文物上依然是单"喜"字；大约到了乾隆中期，"囍"字才登堂入室；进入嘉庆道光年间，"囍"字以风靡之势迅速普及朝野，尤其深受民间喜爱，凡结婚之庆"囍"字铺张，以至无"囍"不成婚庆，这种社会形态沿袭至今。

这本日历书中的"囍"字都是清中晚期及之后的用品，陶瓷为最大宗，衣服等织物最为普及，首饰挂件作为补充，另有日用品从各个角度说明了"囍"在每个年月的重要性；将其个人庋藏展示给公众是藏者有心有意，也是一份坚持。

我与本书藏品的收藏者王艳平认识三十多年了。我还清楚地记得我在她上学的北京舞蹈学院门口等她走出胡同的那一刻，她顺光走过来，我逆光看她，她身上罩着一层光晕，亭亭

▲ 清代 青白玉透雕螭龙双喜头发簪 观复博物馆藏

玉立，那一天她还不到 20 岁。后来我看过她出演的《天鹅湖》中的白天鹅，看过她跳过的现代舞拉赫玛尼诺夫的《前奏曲》，几十年交往时密时疏，直到有一天她送给我这本书，我才知她为收藏付出过如此的努力。

我们每个人的人生都有一个轨迹，这个轨迹无法事先预设，即便事先预设，也未必能走好，甚至未必能走下去。艳平的收藏另辟蹊径，以"囍"字入手，注重国人的喜庆文化，以一个女子细腻之心，将自己人生的轨迹清晰画出，在自己获得满足的同时，又满足了这个社会。

值此书再版之际，我以老友之谊写了如上文字，虽迟些仍兴奋，这个时代只要有心，就可以将不可能变为可能，此书的收藏即为例证。

谨补为序。

马未都

2015.12.24

——本文原为《天天有喜》序

粥鼎相随朝复暮

扫一扫，听我讲
本文背后的故事

　　在所有的治家格言中，朱柏庐先生的治家格言流传最广，他开篇即写道："一粥一饭当思来处不易，半丝半缕恒念物力维艰。"由此可见粥饭丝缕对传统的中国人有多么重要。

　　农耕民族天然对粮食注入情感，所以才说衣食父母。诗人李商隐曾写过："粥香饧白杏花天，省对流莺坐绮筵。"粥在诗人心目中的地位排第一，物质享受与精神追求并存。

　　粥为米熬制，最为养人。古语中粥与鬻通假，音育，意为养育。后字义被引申为卖。古人养育儿女，喝粥乃良方上策；粥熬制随意，又易吸收，凉饮热喝两相宜，故粥曾长久为农耕民族的主要餐食，养育了我们这个有着十几亿人的大国。

　　罐为瓷器主要造型之一，本用于储物，有带盖、无盖两种。而粥罐必定有盖，便于保温。这种广口大腹之器容纳有度，进出便利，用于盛粥算是民族发明。它在明代后期突然大量出现，成为一种饮食器的时尚，与明末江南富庶地区追求生活美器风潮吻合。粥罐在此时融进了民族餐饮之器，风靡后世四百余年。

　　四百年来，粥罐仍保持了基本形态，变化只在微妙之中，装饰随风尚变换，造型据功能改进，准确地反映了瓷器的时代审美，一步不落地跟随着陶瓷生产的节奏。青花、五彩、斗彩、粉彩、墨彩、浅绛乃至清末的水彩，甚至新中国成立后的各类新彩都在粥罐上有所反映，记载下百姓的喜好和梦想。

这是一份不经意间保留下的文化宝库，少有人开掘。高长生先生历几十年搜集不辍，方有此蔚为大观。这类收藏其实乃收藏的本意，专注一物，方可大悟。

悟出道理则让生活变得有乐有趣。乐者，欢喜，乐此不疲；趣者，志向，趣味相投。我猜高长生先生的乐趣大致如此，持之以恒地做一件事，将名利置于脑后，学问渐渐就置于头脑之中了。把心得记录在案，苦中得乐，得乐成书。于是就有了这本史无前例的《中国瓷粥罐集珍考》，把窄门类做成了宽学问。收藏真谛无非是大处着眼，小处着手。高长生先生深谙此道，有成就非天赐，更非偶然。

是为序。

马未都

2017.8.22 夜

——本文原为《中国瓷粥罐集珍考》序

淬火涅槃，惊艳世界

扫一扫，听我讲
本文背后的故事

　　将一门传统的手工艺刨根问底弄明白是我非常愿意做的事情。中国传统工艺门类中，大项诸如陶瓷、玉器、家具、漆器包括雕塑，都可以追根溯源，少则有几千年的历史，多则有上万年的历史。我们从出土文物中常常有惊奇的发现，将某一门手工艺的历史向前推进若干年。

　　可作为我们的国粹——景泰蓝的历史证物少之又少，多少年来也不见墓葬里有出土，甚至连景泰蓝究竟出自元朝还是明朝都搞不清楚。这样一件奢华的艺术品在中国近古史上少有记载，如果有也都是只言片语，语焉不详。中古及远古史上就更不见任何文字记载，显然景泰蓝这门工艺从异域而来。

　　但它为什么又那么中国呢？至少从英法联军攻入北京那

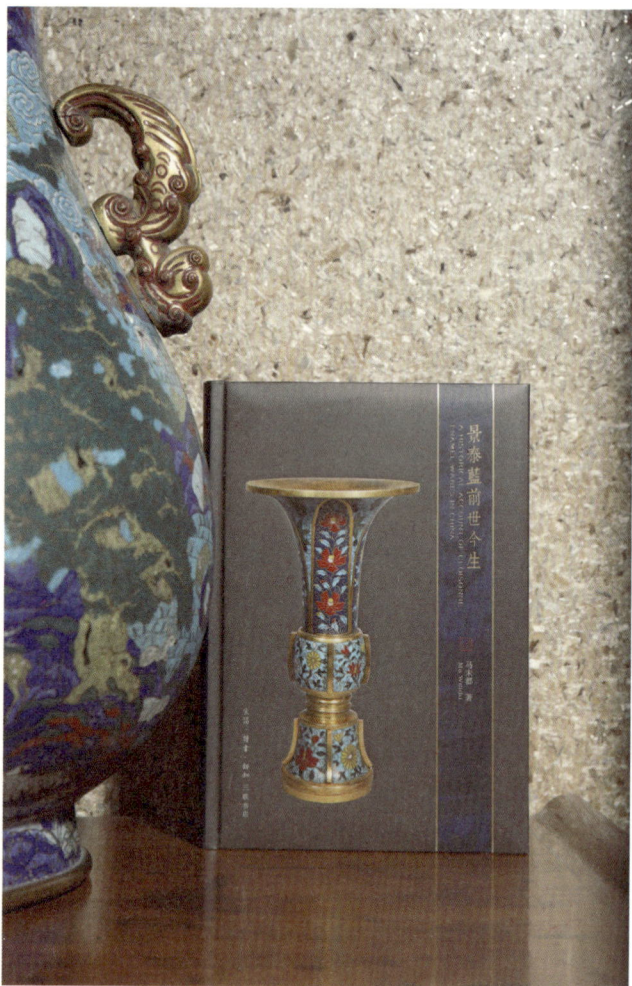

▲ 清乾隆 掐丝珐琅百鹿尊 观复博物馆藏

年，西方人就对中国宫廷的景泰蓝作品垂涎三尺。1860年起，景泰蓝的流向非常清晰，流向自视清高的欧洲，也有部分绕道又去了美国。景泰蓝在历史之河的流动中，带动了东西方人的认识，西方人认为景泰蓝代表着中国的宫廷艺术，而我们也坚定认为景泰蓝就是我们的国粹，代表着皇家的审美。

如果真是这样，景泰蓝的历史为什么会是那么既近又远，非常不清晰呢？在此次追根溯源中，我们花费了许多精力，查阅了大量资料，基本厘清了景泰蓝——掐丝珐琅艺术的发展脉络。这门起源于欧洲，发扬光大于中国的艺术，清晰地印证了中国文化的包容性，证明了中国文化在此项下的健康发展。让一棵移植来的树枝繁叶茂，中国文化似乎更有能力。景泰蓝就是这样，进入中国七百年后，导致许多国人也不知它早年如此丰富的经历了。

这本图册以十二课的形式面市，实际上它真就是有十二节大课。在日新月异的现代媒体的进步中，我第一次尝试这类视频加音频再加图书的传播形式。课备得非常辛苦，但乐趣亦在这辛苦之中。古人说不冤不乐，欢喜的就是这种状态。

谨以为跋。

马未都

丁酉初冬

——本文原为《景泰蓝前世今生》跋

华美绚丽的历史，灿烂文明的篇章

扫一扫，听我讲
本文背后的故事

早在《后汉书》上就有"锦绣绮纨"的记载，显然这些文字指的都是织物。到了唐朝，大诗人刘禹锡的《酬乐天见贻贺金紫之什》有"珍重贺诗呈锦绣，愿言归计并园庐"之句，此时，"锦绣"已指美好的事物。再后来，"锦绣"的用途多了起来，锦绣心肠、锦绣山河、锦绣前程，"锦绣"至此已成为大众口中的向往，喻示一切美好。

"锦绣"自古到今都是中国人的一道亮丽的风景，缘于我们是丝的国度。古希腊、古罗马人称我们为丝国。甲骨文中已有"桑""蚕""丝""帛"等字，汉字中，以"糸"为偏旁的字多达一百多个。湖州钱山漾文化遗址出土的残绢片和丝织物，证明了中国人使用丝的历史有近 5000 年了。

5000 年来，中国人一步一个脚印，扎实地将丝绸技术提高，同时又将丝绸推向世界，形成了著名的丝绸之路。就是这样一个由小小桑蚕吐丝而成的织物，包含了中国华美绚丽的历史，写下了灿烂文明的篇章。我们先秦的奢逸、秦汉的诡幻、隋唐的绮丽、宋元的含蓄、明清的瑰奇，伴随着世界文明一同成长。

"锦"，《说文解字》释："襄邑织文也。"汉朝襄邑县进贡织文，即染丝织成的文章，此"文章"乃指斑斓的花纹。"绣"，《说文解字》释："五采备也。"郑注："刺者为绣。"织为"锦"，刺为"绣"，构成古人对"锦绣"的科学认知。前者古，后者新，这个新也仅是相对而言。

"锦"的历史大大地长于"绣"的历史，其存在道理也顺理成章，至少在周代织锦技术就已十分完善。俄罗斯巴泽雷克地区发现的战国时期中国丝绸，就有红绿二色织造的纬锦；新疆民丰尼雅遗址出土的汉代五色织锦，色彩搭配协调，图案井然有序，令人叹为观止。从这点上可以看出两三千年前织锦的成熟。至中古时代隋唐辽宋，尤其宋锦以素雅著称，品种繁多，存世珍品多见，让后人有了直观的感受。加之宋锦多在古籍书画装裱上体现，既表现出文化内涵，又极具富贵之气。

而绣品则远迟于锦，"锦上添花"谓之"绣"。典或出宋王安石的《即事》："嘉招欲覆杯中渌，丽唱仍添锦上花。"

黄庭坚的《了了庵颂》亦有："又要涪翁作颂，且图锦上添花。"由此可见，至宋"锦上添花"已成为风尚，这一风尚让绣品迅速成熟。

辽宋金元绣品增加，至明清蔚为大观。尤其明清皇家的使用提倡，使得绣品成为皇家着装的标识，促进龙袍蟒服的君臣等级的形成：龙袍成为皇帝上朝的礼服，逐步完善成定式，不得僭越；而蟒服最初由明朝皇帝赐服官员，至清放松至王公贵族，乃至最后宽至进入戏曲界，极端美化成为蟒衣戏服。

所有这些，都与我们古老的丝绸文化有关。尤其宋之后丝绸制品逐渐普及至民间，绣衣绣裙到了明清富庶家，凡女红皆以绣活为尚。遇喜庆之日，着绣服即可知女红高低，继而知家境富贫。手艺由此代代传承，文化由此发扬光大。

凡此种种，皆有证物存世。本书作者李雨来先生，数十年如一日，与绣品打交道，从生意起，至收藏终，成就了一门学问。在我所知的有缘的古物生意者中，雨来先生鹤立鸡群，眼光独特，于生意中有感悟，于感悟中有收获，将自己前半生的经历与阅历反复咀嚼，潜然著书。当他把书稿呈现给我时，用"肃然起敬"已不能表达我的心情。我是真心地觉得雨来先生的不易，不是科班出身，又不具文化的基础训练，全凭个人热情与韧性，将这样一本连专家都望而却步的著作完成，为这个文化崛起的时代提供了第一手资料。

老子在《道德经》中有句名言："见素抱朴，少私寡欲，绝学无忧。"大约1000年后的东晋葛洪，自号抱朴子，著书立说，他的《抱朴子·博喻》中有一句与本书巧合："华衮灿烂，非只色之功；嵩岱之峻，非一篑之积。"这话说得不仅吻合，而且深刻，也是雨来先生成就的写照。

是为序。

马未都

己亥初一夜

——本文原为《明清刺绣》序

第二篇

文化

寒夜的音乐篝火

　　我是一个音乐盲，但知道瞿小松。说起来我们算一代人，有过类似的经历。比起受苦受罪，大概都差不多，那个时代不会留太多的幸运给某一个人；若比起幸运幸福，我估摸也差不多，每个成功者都会付出超过常人的努力。

　　小松的新书《音乐闲话》我抽空读了。说老实话，我读书有癖，珍惜选择，因时间太少，生怕浪费工夫。不懂音乐去读《音乐闲话》显然是被某一点吸引，否则几分钟后就会被我随手一丢。

　　如果小松只谈音乐，估计我就无法奉陪了，不是不愿，实为不能；但我读出了音乐之外的东西，就是古称弦外之音的那个音，其乐无穷。这个乐趣，解开了长久以来困扰我的那个藤缠问题，让我知道我为什么有时听见某一段音乐会心动。

我曾经偶然买过一个CD——《隋唐音乐》，日本人演奏并出版的，曲调苍凉滞涩，悠远而富有看不见的力度，我第一次听时几近潸然。翻阅说明文字才知这些音乐是由当年遣隋史、遣唐史带去日本的，在日本原汁原味保留至今，反而在中国不见一丝踪迹。

我一直以为我国的音乐是弱势，没有大师。注重品牌建设的西方人张口就是贝多芬、莫扎特、门德尔松、巴赫、肖邦等等，而我们只有瞎子阿炳的如泣如诉……但在《音乐闲话》里，小松以其不容置疑的专业地位告诉了我们许多弦外之音，包括美学、哲学、宗教的含义，让我这样的音乐盲在寒夜看见远远的篝火，尚未走近就浑身温暖，于是围坐起来烤火。

我们心中的温暖实际上来自先哲的思想。我们自己单调的思想总是孤寂阴冷，如得不到救赎就会孤独而去。所以，我们不仅需要文学，需要音乐，我们还需要美学，需要哲学，需要在肉体苦难之时、饱暖之时有一种宗教情绪的追求，否则形同走兽。

小松给了我提示，让我冥冥之中抓住了"道"与"艺"的区别。我们做事，强调"艺"，强调"术"，比如茶艺、武术，而高手则强调"道"，比如茶道、柔道。在道与艺之间，实际上泛着一种空灵的思想，只可意会，难以言传。如果强说，常常被人说成"禅"，禅之本意为排除一切杂念，此时思想乃老子之说的无中之有。

　　我们一生中少什么自己都会知道，但多了什么可能就不知道了，但小松知道。读了此书，我也知道。

马未都

2009.12.6夜

——本文原为《音乐闲话》读后

谨慎的敬畏之心

扫一扫，听我讲
本文背后的故事

如果让我推荐一本读不尽的书，别无选择，我会郑重推荐老子的《道德经》。在一个人一生中的任何阶段，它都可以为你答疑解惑。你有多浅，它就有多浅；你有多深，它一定比你深。有这样的书读，是一种难得的幸福。

凡写书者都会站在自己个人的角度，不论是讲述历史还是颂扬文明，不论是阐述哲理还是发出天问，著书立说者都会以一己私利观察世界，得出结论。而老子却不，老子既不站在个人角度，也不站在他人角度，老子站在宇宙空间的某一点上，观察事物，思考规律。这就是老子的千古名篇《道德经》之所以高出常人的奥妙之处。

千百年来，没人能令人信服地解释清晰《道德经》，它

"玄之又玄，众妙之门"的经典语言被世俗者随意挪作他用，合适也不合适。合适者，以其自身经历、阅历、思考、归纳，似乎开启了众妙之门；不合适者，如临深渊，如履薄冰，战战兢兢，诵读时如面壁倾听回响。以我辈来看，听伟人声音之回响已足够振聋发聩，无须奢望。

小松的《无门之门》自谦附会，我很能感受他那颗谨慎的敬畏之心。人以精神存在异于走兽，所以活得愉快，活得痛苦；且人之精神存在又有高低之分，高者智，低者愚，身为同类，因高低大异倍感生命价值不同。

生命价值不仅在生，更多在死，这话重了。无死就无所谓生，生不如死长久。生有阶段，而死却无，这就是宗教上死高于生的根本原因。生有灵魂，死亦有，且不失不灭。我们已多时对生死看法偏颇，缺乏宗教认知，缺乏灵魂救赎，颠倒生死，妄自尊大。

我们以为生在世上"性本善，性相近，习相远"。人不过是由于习性而改变。而宗教却时时警告我们，恶是魔鬼，道高一尺，魔高一丈。所以古人也说："积善如累土，纵恶似满弓。"思想只一次放松，恶就是离弦之箭，无法收回。所以要常念《金刚经》，常读《圣经新约》，荡涤个人之灵魂，抚平心灵之伤痕。

生在这个世界，每个人心灵都会受伤。我有，小松也有。受伤不怕，关键是如何抚平。青春作赋，皓首穷经。我和小松属同一代人，青春作过赋，昂扬激荡，"会当凌绝顶，一览众山小"。而此时，虽未皓首，却欲穷经，以期和光同尘。

2009.12.13夜

——本文原为《无门之门》读后

有思想的手艺，古中国的命根子

扫一扫，听我讲
本文背后的故事

　　这是一部读来令人感动的书。在兵荒马乱的年代，一个美国人，在中国内地走村串户考察了八年，回国后又潜心研究了十年，以严谨的态度著成此书，用自己的相机和尺笔，为中华民族留下了珍贵的史料和生活记忆。

　　农耕民族推崇自给自足的自然经济，手工业随之发达。几千年来，中华民族面朝黄土耕作，利用工暇之时制作生活工作所需，凡用具、工具、农具、家具以及衣帽鞋袜都自己动手制作，久而久之，手工成了手艺。

　　较之工业文明，手工业文明更能寄托人类的情感。人们将生活和工作的必需化解，成为一条条有效的途径，通向幸福之门。人们用思想和双手编制生活景象，制造工作便利，

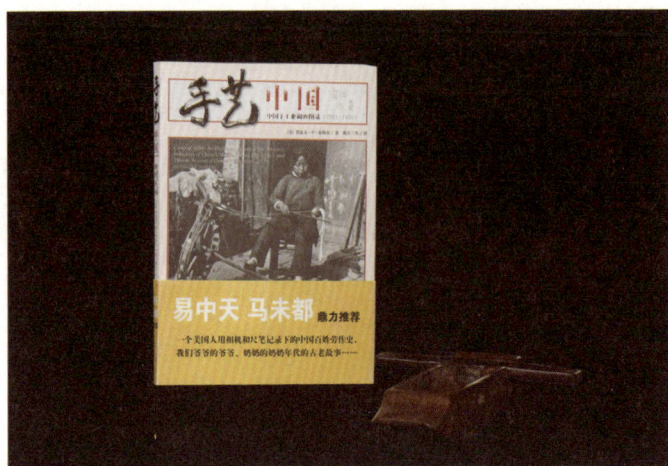

▲ 清代 黄花梨刨子架 观复博物馆藏

在生活中提高质量，在工作中提高效率。

中国手艺的积累大都以实物诉说。中华文明硕果累累，仰韶的彩陶、良渚的玉器、先秦的青铜、汉代的漆器、唐之金银、宋之陶瓷，元明清不胜枚举，中国古人的手艺不经意间将生活艺术化，让后人仰而视之，诚惶诚恐。

而劳作之中，工具成为帮手，让手工业趋于便利，然后得长足发展。中国传统手工业在生活与工作两大领域各显神通：生活上，中国人越来越精致，越来越将手工艺术化；工作上，工具的发明及使用成就了几千年的中华灿烂文明。

可惜我们少有人记录这些，也少有人珍惜这些。倒是一个美国人在九十多年前，为我们做了如此重要的记录。今天读来，仍让人心动，一个美国人，在中国大陆上由北及南，孜孜以求地将这个国度几千年来积累的文明做了客观的考察，事隔近百年，我们再看它时几乎就是完备的总结。因在那之后，中国陷入战乱，继而又置身于高速度的建设，使这些古文明积累成了残缺不全的记忆，而鲁道夫·P.霍梅尔所做出的一切，为我们直观地补上了这些残缺。

工业化文明、信息化文明将人类文明带入高速行进的轨道，与手工业文明漫长的历史相比，可以说日新月异。但是，文明有善果，亦会出现恶果，善恶之间，多为一念之差，人类还常常浑然不觉，只有靠时间才能做出终极判断。

本书作者恰恰在中国工业化前夕来到中国，又付出了极大精力和毅力完成了史无前例的任务，才让我们今天有幸看到我们自己百年前乃至千年前的缩影，而这缩影的每一细微之处都是中华文化的精华所在，都是我们赖以生存的精神。

手艺具有思想，思想能放出光芒。对中国人来说，手艺是古代中国的命根子，我们曾长久地攥着这命根子，让民族长寿至今。

谨以为序，并向作者、译者、编者致以崇高的敬意！

马未都

2011.11.25

——本文原为《手艺中国》序

中华民族创造力的见证

扫一扫，听我讲
本文背后的故事

　　人类生存于这个星球之上算是一个侥幸。两万年前，我们还是个濒危物种，熬过了冰河期，人类日益壮大。一万年以来，我们开始生成文明，积攒知识的同时开始积攒财富，中华民族作为人类的一员，以其坚韧与包容繁衍至今。

　　文明由文化构成，文化可能间断，文明却要继续前行。由茹毛饮血的时代到信息通达便捷的今天，人类的每一步都留下坚实的脚印，清晰地记录成长的轨迹；即便上苍赋予我们的自然景观，也因为人类的存在而价值凸显。人类创造的文化，在历史的长河中由物质生发出精神，由精神再度变为物质，最终合二为一，成为一份宝贵的文化遗产，与自然景观一道，构成地球上最动人的风景。

所以，我们有责任保护它们。世界遗产是由人类文化整体构成，中国部分乃是中华民族创造力的见证。这份珍贵的名单里，既有时间跨越两千年、空间绵延万里的文化遗产长城，也有风光旖旎、河谷纵横的自然遗产九寨沟，更有双重身份的遗产泰山、黄山、武夷山等等。所有这些，展现了中华民族生存的这块土地，也展现着我们民族积累下的精神面貌。

对于这个星球，我们人类重任在肩，当我们成为万物之灵长，以为能够主宰世界时，责任就变得十分具体。保护世界遗产，在 21 世纪已迫在眉睫，任重道远。出版这样一本画册，只是一份深情的提示，提示人类自己，我们不仅有过灿烂辉煌的过去，我们还应有更美好的明天。

敬为序。

马未都

——本文原为《世界遗产·中国卷》序

社火娱神，香火娱人

扫一扫，听我讲
本文背后的故事

社火起源于何时无从考证了，远古时代的人对生死、对许多自然现象不解，于是祭祀祈福盛行，在巫术咒语和图腾崇拜中获得快感，继而获得解脱，这就是社火形成的初因。

"社"为土神，人类生存之本，"稷"为谷神，二者合一，尊为"社稷"。历代君主帝王都亲祭"社稷"，后"社稷"一词借指国家。自《孟子》"民为贵，社稷次之，君为轻"以来，江山社稷的兴亡为君王口中的头等大事，秦亡汉兴，唐消宋长，元去明来，君王有人替代，百姓却要照常生活，生活就需要社火，需要风调雨顺、国泰民安。

"社火"一词肇始于宋代。北宋孟元老的《东京梦华录》，南宋范成大的《上元纪吴中节物俳谐体三十二韵》都提及了社火。显然，宋时南北社火已经普及，按孟元老的话说：天晓至暮，色色有之，呈拽不尽。

农耕民族靠天吃饭，靠地生存，春种秋收，所以在一年之终来年之始"击器而歌，拊掌而舞，祈于天地，以其吉也"。社火不仅驱恶辟邪，还能祈福消灾。千百年来，社火在黄河流域生生不息，绵延不绝，不仅给百姓带来欢乐，更多的是给百姓带来希望。

我们的民族文化强大首先在于文字。以象形而始创的汉字，表达意义的能力非凡，凡几千年来遗存的任何文字，今人很大部分都可以顺利读懂，与古人沟通。其次是直观的表演，社火是其代表，凡面具之凶神恶煞乃驱除疫鬼，凡器具之敲打撞击乃被除灾邪。中国古人无论在天灾还是人祸面前都能保持这样一种心境，仰仗其原始力量让自己在苦难中寻找到幸福。

闹社火是一种幸福，红红火火，一个"闹"字无法替代。北宋诗人宋祁名句，"红杏枝头春意闹"，一个"闹"字千年以来为文人盛赞。不闹不能将春意和盘托出，不闹不知春天有情有义。闹社火亦如此，不闹不能将过去的苦难宣泄，不闹不知未来的幸福就在此刻。每年闹社火的强烈展现，让我们民族知道过去，知道自己，知道未来。

民国以降，是中国传统变化最快的一百年，有形与无形的文化在此消失了大半，因此我们开始懂得了珍惜。过去习以为常的东西一天天地减少，忽然有一天四顾茫然，我们才知文化依然可以逐渐消亡，你不关心它，它就会离你远去。社火也是这样，百年来一天天地黯淡了，幸亏我们中间还有这样的有识之士，利用最新的记录手段，将瞬间定格于永恒，将消失保留在面前。

今天，我们看见这一幅幅如同绘画般的记录，那个千百年来口口相传手手相续的关中社火已成了一份宝贵的资产，这份资产属全民族共有，让人感动之余，更让人深思。

愿我们的民族文化永远灿烂，愿文明的火炬有人衔接。

是为序。

马未都

2015.3.1

——本文原为《中国关中社火》序

延续千余年的日本古建智慧与匠人之魂

扫一扫，听我讲
本文背后的故事

宗教建筑在人类文明史上占有最重要的一席。东方的佛教建筑与西方的基督教、伊斯兰教建筑具有本质上的不同，即木制建构与石制建筑在理念上的天壤之别。前者注重架构之美，尽可能将建筑骨骼暴露在外，以示木与石或砖的质感区别；而后者的骨骼隐藏于体内，从外观上无从寻找，继而形成整体无差别的展示。

世界五大建筑体系（一说七大建筑体系），远东的木制建构以独特存世。木制建构的好处是取材容易，搭建速度快，易修复；缺点是保存不易，尤其惧火，一旦灾难形成，一切必须重新建造。因此，历史上许多著名建筑我们都没能得以见到，见到的都是文献上语焉不详的文字记载。

相对而言，宗教建筑寿命最长。中国境内现存的唐宋建筑，几乎全是寺庙及佛塔。保持千年以上原汁原味的屈指可数，体量最大的是山西省应县境内的辽代木塔，塔高67.31米，八方五层，内设暗层，实为外五内九，除首层为重檐，以上各层均为单檐；整个塔用料3000立方米，无钉无铆，纯木榫卯建构，支撑其千年不倒，堪称奇迹。这种大木作本是国人看家本领，惜近百年来在水泥钢架建筑中已悄然远去。

邻国日本，却有人将其手艺保存至今。本书详尽地从多角度记录了西冈常一及小川三夫的手艺与精神。手艺都是通过人一代又一代传承的，这其中不能偷懒，也无捷径能走，还必须耐住性子，不被利诱。这需要有理想，并且是几乎达不到的理想。换言之，理想越远或不可实现，现实就越接近理想。

用传统手艺建造宗教建筑还需要一颗虔诚的心，面对完整的建筑和面对一片空地都是同样的感觉。在有与无之间，那个看不见又能感受到的是精神，可大部分人看见的是苦海泛舟，不知何时才能到达彼岸。所以西冈常一和小川三夫以及他们的门徒们必须净化心灵，把建造庙宇当作人生的修行，与这个日益世俗的社会抗争，在有无之间做出心甘情愿的选择。

木制建构的核心在于榫卯。榫卯结构巧妙地将散木汇集成完整不可分割的建筑。历史上无论中国还是日本，以今天我们可见的历史遗存，中国北京的紫禁城宫殿群，日本奈良

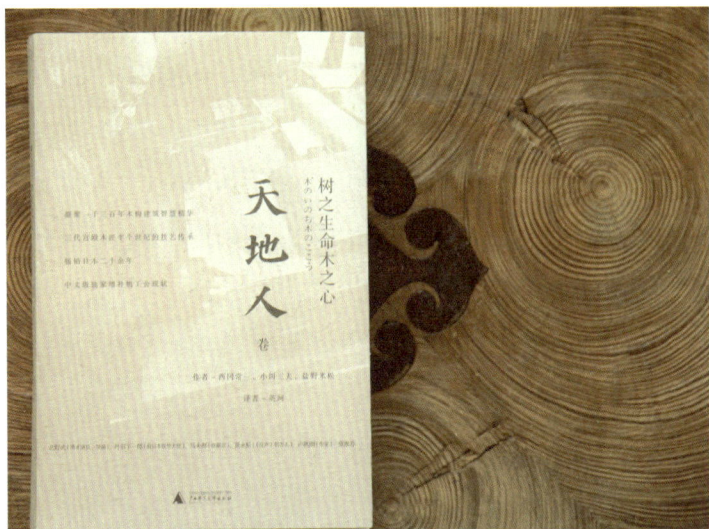

正仓院的东大寺，都将历史范本置于世人眼前，让后人体会木质建构那迷人的美丽。这种美丽包含了人与自然的充分和谐，包含了人驾驭自然的能力，还包含了东方民族充满哲学意味的美学追求。不论东方人还是西方人，当你站在这样的建筑面前，遐想那些崇山峻岭中的参天大树，历经长途跋涉，又假以工匠之手，最终成为人类的文化财富之时，你才知伟大是由渺小堆积而成的，在树木与建筑之间，有一种东西叫手艺。

手艺是人类赖以生存的独特技能。工业化革命无意中连番抹杀人类至少五千年积攒下的手艺。工业化一度让手艺变得越来越没有价值，它以量产抹杀个性取得懵懂时人类的功利好感。手艺在不知不觉中一点点地消亡，当人类发现这个问题之时，传统的手艺都已进入濒危阶段，亟待抢救。

此书为此做出了一番努力。它以一个客观的旁观者眼光，充满热情地介绍着发生过的一切。让一个远离现代人视线的历史悄悄地往回走了几步，我们似乎在早晨的层层雾霭中模模糊糊地看见一个影子。尽管看得不甚清晰，但已明显看见它的身影，听见它的声音，闻见了它的气息，这一切其实就是我们祖先的灵光。

不论中国还是日本，木制建筑的精髓一脉相承：日本建筑的唐风，延续千年以上未变，为我们保留了一段辉煌的历史；我们却历经辽宋金元明清，反而离唐风远去，但木制建构的理念一直伴随我们，让我们今天有幸看见历朝历代的建筑遗存。

这一切，我们首先要感谢手艺，更要感谢那些在手艺之下的知名和不知名的工匠，手艺一定会在手艺人手中释放出光芒，这光芒不仅驱除了黑暗，还照耀着千秋。

是为序。

马未都

2016.6.23

——本文原为《树之生命木之心》序

重构节日的温情

节，古字写"節"，与竹相关。竹节乃"节"字本义，竹节有隔，节节相连，由此启发了古人，借来用之，先是节气，后是节日，凡前后关联之点可以标注清楚者，均称之为节。节气为物候变化之点，作为农历的补充，而节日作为情绪之点日积月累，林林总总，影响着人们的生活。

我们的节日大致分两类。一类为传统节日，存在千年以上为常态；另一类为新兴节日，外来的为多。传统节日里元宵节、清明节、端午节、中秋节、重阳节都是大节日，古今基本都是百姓的假日。政府多宽松为怀，让百姓在这一日里享受节日之气氛，促进该节日的文化内容。国人在文明的演进过程中，慢慢将其文化内容充实，让节日不空洞，让百姓

能切身感受这一天与前后日子有所不同。

　　外来的节日兴起是近些年的事。先是圣诞节，后是情人节，让国人隔空感受外国节日，难免荒腔走板。再加之后来又引进了愚人节、万圣节等，国人平静生活掺进了躁动因素，青年人也乐于接受玩笑，接近鬼神。

　　于是，我们的生活中过节的日子就日趋频繁，传统老派的节日与时兴新潮的节日互不干涉，甚至还有比较。比如西方的情人节与中国七夕节，送一枝玫瑰一定比买一个"摩睺罗"简单易行，但弄一个摩睺罗送对方显然比送一枝玫瑰花有文化情调。同样是感情融合的节日：七夕节的故事缠绵，内容繁多；情人节的目的明确，单刀直入。

　　这就是各类东西方节日给予我们的启迪，把它画成漫画需要一个主体，观复猫就顺理成章地荣膺此任。观复猫是观复博物馆的成员，其编制与员工相同，有馆长有馆员，每个猫都有自己的角色，都要肩负一份责任。在每一个节日到来之前，观复猫都会煞费苦心地融入其中，把节日气氛推至高潮，向喜爱它的读者们展示自己的专业与热情，渲染烘托节日，认真修炼自身。

所以我们看到了这么热情奔放、魅力四射的观复猫，又知晓了这么多有关各类节日的知识。这本观赏性读物，老少咸宜，在领悟传统文化的同时，还能体会猫生如人生的哲学命题。聚沙成塔，集腋成裘，我指的不是这书本，而是凑在一起的这么多的不同节日。

是为序。

马未都

2016.11.25

——本文原为《观复猫：我想跟你过个节》序

从二十四节气中体会人间冷暖

扫一扫，听我讲
本文背后的故事

　　我很小的时候就会背诵二十四节气歌。这首诗歌虽然写得不够完美，但一生十分受用。想知道某一时刻最接近哪个节气，掐着手指头唱一遍，一股清流沁人心脾，让我知道这一年已走过多少，还有几多日子。

　　一年有多少天也似乎没有节气重要。古人将一年分为二十四节气七十二候，五日为候，三候为气，六气为时，四时为岁，继而周而复始。由于节气与物候线条粗细适中，在表达人文情感方面我们比西人细腻，西人只知春夏秋冬，而我们则在二十四节气中体会人间冷暖，知晓世间转换。

　　所以节气在唐宋屡屡入诗入词，读之让人欣慰。

　　岑参先说：苜蓿峰边逢立春，胡芦河上泪沾巾。

刘辰翁接着说：无灯可看，雨水从教正月半。

韦应物跟上：微雨众卉新，一雷惊蛰始。

白居易说：春分花发后，寒食月明前。

杜牧写得凄美：清明时节雨纷纷，路上行人欲断魂。

范成大记载清晰：江国多寒农事晚，村北村南，谷雨才耕遍。

朱元夫务实：蚕麦江村，梅霖院落，立夏明朝是。

邵定翁担心：汝家蚕迟犹未箔，小满已过枣花落。

寒山和尚随口一说：草生芒种后，叶落立秋前。

白居易又说：夏至一阴生，稍稍夕漏迟。

独孤及说得敞亮：不怕南风热，能迎小暑开。

徐夤接得踏实：欲知应候何时节，六月初迎大暑风。

王建说：立秋日后无多热，渐觉生衣不著身。

陆龟蒙说：强起披衣坐，徐行处暑天。

李白在常州说：天清白露下，始觉秋风还。

王昌龄则在边塞感叹：长风金鼓动，白露铁衣湿。

贾岛推敲说：漏钟仍夜浅，时节欲秋分。

孟郊琢磨说：秋桐故叶下，寒露新雁飞。

钱起嫌其不够：回云随去雁，寒露滴鸣蛩。

苏东坡说得大气：霜降水痕收，浅碧鳞鳞露远洲。

刘长卿说得委婉：霜降鸿声切，秋深客思迷。

杜甫描写老辣：正翻抟风超紫塞，立冬几夜宿阳台。

陆龟蒙有些担心：时候频过小雪天，江南寒色未曾偏。

钱起叮咛说：晚来留客好，小雪下山初。

李商隐说得急促：路逢邹枚不暇揖，腊月大雪过大梁。

韦应物总结：大雪天地闭，群山夜来晴。

孟浩然告知：晚来风稍急，冬至日行迟。

元稹一言以蔽之：行过冬至后，冻闭万物零。

皎然和尚淡定：大寒山下叶未生，小寒山中叶初卷。

高适居边塞瞭望：北使经大寒，关山饶苦辛。

大诗人们集体说过，我们再说无益。文化就是这样，慢慢积累则为遗产，它让我们民族取之不尽，用之不竭。中国先秦开始摸索积累，汉代完善确立的二十四节气，早已成为国人认知一年中的气候、时令、物候等变化规律的知识体系，它让我们预知冷暖，懂得风雨。

宋英杰先生为气象专家，集多年专业经验写出《二十四节气志》，笔触细腻，抽丝剥茧，环环相扣，其资料之翔实，图文之美茂，让读者尽享阅读之乐。相信读者在了解二十四节气之余，还能得到许多额外收获。其实，最让我感动的还不是他笔下的知识，而是他畏天悯人的学者情怀。

是为序。

马未都

丁酉立秋

——本文原为《二十四节气志》序

呆萌而有文化的猫

　　观复博物馆里生活着一群观复猫，它们各司其职，每天接待来自全国各地的客人。观复猫是个大家庭，它们与主人、客人以及文物之间形成了一层微妙的关系，这关系给我们带来了许多意想不到的欢乐和故事。

　　猫是人类最早豢养的动物之一，由人类的帮手逐渐成了生活的陪伴；它一开始只帮助我们解决物质问题，后来帮助我们解决精神问题。全世界的爱猫者是一个庞大的团队，他们在救助流浪猫、普及养猫知识上不遗余力，这才让我们有了悠闲的生活。

　　猫的敏锐让人类多了一部分思考。观复猫的猫馆长们就荣膺了讲述历史故事和知识的责任。猫馆长们工作在博物馆内，每天接触文物，回答观众的问题，在工作和生活中积累了许多中国传统文化知识。"学国学，爱文化"已成为观复猫馆长们的自觉，它们还愿意将学到的文化和掌握的知识，向小同学们传播，于是就有了这套饶有趣味的"观复猫小学馆"丛书。

我年轻的时候入职中国青年出版社，与中国少年儿童出版社毗邻。我在出版社工作的日子里有了孩子，从孩子的学习生活中感到传统文化的重要性。没承想后来做了观复博物馆，更没想到的是博物馆无意间养了一群观复猫，后来都成了博物馆里的猫馆长。

猫馆长们责无旁贷地肩负起传播中国传统文化知识的责任。它们希望和小同学们一道，慢慢地深入了解自己的传统文化，渐渐地建立民族认同感，只有这样才能增加文化自信心——这一点，走过来的马霸霸深有体会。我们中国人在世界民族文化之林，最引以自豪的就是我们五千年绵延不绝的文化之脉。它坚韧而刚强，博大而精深。要深刻了解它，就必须从小接触。中华文化浩如烟海、文雅深厚，有观复猫引路、马霸霸助力，小学馆的同学们定能感受"潮平两岸阔，风正一帆悬"的佳境。

《观复猫小学馆》丛书的出版是中国少年儿童出版社与观复博物馆碰撞出的火花。观复猫的大家庭愿意鼎力相助，

　　将中国传统知识分门别类，让每个猫馆长领衔一册，以漫画形式让该图书不仅适合孩子们，还适合家长们，当然也适合一切热爱中华传统文化的人们。

　　从某种意义上讲，以漫画形式讲述中华传统文化的《观复猫小学馆》是一个文化创新，也是我愿意为此努力的初衷。

　　是为序。

马未都

戊戌清明假期

——本文原为《观复猫小学馆》前言

野蛮才是文明的动力

扫一扫，听我讲
本文背后的故事

　　人类的文明史严格地讲是一部不文明史。因为最初的人类相互杀戮，弱肉强食，毫无怜悯之心。人类作为一个物种，至今生活在这个星球实属侥幸，度过了黎明前的黑暗，人类才得以喘息，开始思索一个问题：我们是谁，将向哪里去？

　　我们自诩已进入现代文明，跨过农业文明，走过工业文明，进入信息加智能革命，未来理应一片光明。我们在探索宇宙空间和脱氧核糖核酸时，打开了前人从未打开过的宏观与微观的窗口，内心颇有一丝得意；其实，这在上苍眼中，显得十分幼稚可笑。我们已获得的有限文明，并不是文明推进的，而是由野蛮推进的，野蛮是文明最大的动力，"文明"其实非常懒惰。

　　《进击的智人》在讲述这一过程，讲述得颇为认真且饶有兴趣。人类今日壮大，成为可以灭杀一切的物种，也成为可以毁灭地球的物种。如果有一天人类即将告别这个星球，我们又有机会反省一下的话，我们从哪一天哪一刻起踏上了不归路？是发明了这个星球自己不自然生成的化合物，还是大规模的杀伤性武器？是培养出人类无法抵抗的超级病毒，还是依赖人工智能生老病死？人类在匮乏的日子造就了自己，那在富裕的时候还能继续造就自己吗？

问题多多，几近无法解答，甚至无从下手。人类在今天实际是慌乱的，毫无章法。甚至连人类发展初期的"共情"都丢失殆尽。今天的人类，相助不及相杀，相助是假象，相杀是愿望。只不过文明让我们把野蛮打扮一番，捧上鲜花登门。自文明以来，我们所有的最先进科技，首先应用在杀人武器上，至今对此仍是毫无悔意还变本加厉，以致我们人类今天的处境不比两三万年前濒于绝种时强多少。

可我们浑然不知，全世界最发达、最强大的国家都把未来战争当作头等大事，武器的进步呈几何级增长，杀人概念的翻新让人痛心疾首。人类走到丰衣足食这一步多不易啊！曾经的母爱让人类的儿女日渐强大，这种弱者的高明之处今天回想起来无比温馨；我们身体的改变与脑子增容之间的改变，让人类脑力与体力匹配得更佳。人类在远古动物界中由弱小逐渐强大起来，聪明起了决定性作用。

时至今日，我们极需要科学帮助、文学辅助。这本书抽丝剥茧，始终拽着人类生命这一游丝，小心翼翼地从远古走来，让我们在阅读中重新认识自己。这一本书有两本书的量，作者也标明了第一部分、第二部分。依我看，此书分上下篇章为佳，因为上篇是自然法则，下篇是人文法则。

人类没有文化产生之时，依然有那时的文明，欺软怕硬，委曲求全，抱团取暖，这种"文明"最为纯朴，反为生存赢得机会；人类获取文化之后，阶级产生，有了领地意识、私有财产，人类立刻变得无比贪婪，人不如兽，还用发明的文字戕害同类，戕害动物。即便到了今天，我们对动物仍缺乏一颗善待的心。

站在今天的时间节点上，我们看动物的处境，实际上就在看我们自己的处境。这是一个生存的镜像反映，人类实在是假聪明，特别自以为是，又缺乏制约条件，想想真不寒而栗。

毫无疑问，我们进入了一个信息爆炸时代，利弊相随。好处是几年即可获得过去一生的信息，坏处是在海量信息中不知所措。读一下河森堡的《进击的智人》会有收获。据说是作者的处女作，能有如此高度，印证了古语：后生可畏。

揆古察今，深谋远虑。是为序。

马未都

戊戌十月初五夜

——本文原为《进击的智人》序

国人不可不读的经典

扫一扫，听我讲
本文背后的故事

国学大师陈寅恪先生有句结论性名言：华夏民族之文化，历数千载之演进，造极于赵宋之世。宋太祖赵匡胤登基之始就制定下"重文抑武"的治国方略，奉行文以靖国理念，使得大宋王朝终结了晚唐五代以来的武夫专权的局面，让文化迅速走向繁荣。

在唐诗三百年兴盛的压力下，宋词别开生面，一反唐诗追求的规整，以其长短句的抑扬顿挫，将人们最为复杂的世间情感渲染，融入曲调，便于吟唱，为喜爱风花雪月的宋人平添生活乐趣。而这乐趣加强了宋词这一独特文学形式的表达，让佳作频出，名篇传诵。

其实，词在隋唐早已有之，曲在词先，《敦煌曲子词》

即为例证。填词作诗——一填一作至今仍影响着中国的诗词文化。唐诗限于格律，无中生有；而宋词制于曲牌，有中生无。某种意义上讲，宋词更像一种文字游戏，在有限空间内发挥无限的想象，让同一词牌展现完全不同的艺术风貌，所以就有了豪放派、婉约派，有了阳刚与阴柔之美，有了恢宏大气的"大江东去，浪淘尽，千古风流人物"，也有了"莫道不销魂，帘卷西风，人比黄花瘦"这等凄凉寂寥的心境。

宋词可以"老夫聊发少年狂，左牵黄，右擎苍"，为社稷，更为江山；也可以"问君能有几多愁，恰似一江春水向东流"，有心声也有哀怨。宋人在其三百年间，依宋词而活，把个人的喜怒哀乐，把国家的枯荣兴衰，都通过宋词表达，传唱民间，言以足志，文以足言；以至宋亡八百年来，大多数人都是通过宋词来了解宋朝的。

唐诗由于格律之限，多善于表达情绪，不长于表达情节；而宋词的长短句及曲牌的优势，可以让情绪与情节兼顾，所以宋词中表现的小景比比皆是："蹴罢秋千，起来慵整纤纤手。""蓦然回首，那人却在，灯火阑珊处。"宋词侧重的情节上接唐诗之不足，下启元曲之绚烂，由情绪——情节——故事，一路走来，让世俗的需求变成大众的消遣，成为酒后茶余的谈资。其实，文学本身具备双重属性，一是钻入象牙之塔，二是沦为市井文化。这无所谓高低，有所谓宽窄；就低攀高，出窄向宽可算一条通衢。

《全宋词》编纂晚于《全唐诗》，荟萃宋代三百余年能搜集到的词作约两万首；凡两宋词人一千三百三十余家，常用曲牌超过一百个。这数量对于一般读者则高山仰止，令人却步；喜早年有上彊村民者，劳心勠力，费精耗血般地探讨增删，编得《宋词三百首》，效法《唐诗三百首》，让诗与词双璧生辉，成为国人不可不读的经典。

　　《宋词三百首》作家榜经典文库版由姚敏女士重新注释，是喜爱宋词的读者的福音。

　　是为序。

　　　　　　　　　　　　　　　　　　马未都
　　　　　　　　　　——本文原为《宋词三百首》序

以西方人的视角，重温帝都风情

扫一扫，听我讲
本文背后的故事

　　国人对版画的认知大都通过年画。北方天津的杨柳青、山东的潍坊、南方苏州的桃花坞、四川的绵竹、广东的佛山，这些都是历史上久负盛名的年画产地。有些历史可以上溯到宋代。

　　这些充满乡土气息的作品，肆意表达着一种文化气息，或欢愉，或虔诚。在新旧交替之际，注重情绪表达，强调身份认同。由于版画可大量复制的特性，其传播范围之广，涵盖了所有可及之处。

　　实际上，中国的古代版画分为两类：年画和版画。后者在明末清初的江南十分流行。明代的话本小说流行之时正是中国古代版画的黄金时代。这一类版画忠实地记录了那个历史时期的风土人情，其文物价值很多时候大大地超过了当时的文字记载。

中国古代版画都是刻在木版上的。而欧洲人在 14 世纪发明了铜版画。铜版与木版制画相比，表现优势显而易见。极细的线条构成丰富的表达能力，从粗犷到细微，能做到游刃有余。

正是依赖这种优势，欧洲铜版画在明代传入中国。特别是到了清康熙晚期，由意大利传教士马国贤（Matteo）操刀主持的铜版画《御制避暑山庄三十六景诗图》，掀开了中国宫廷版画新的一页。随后的乾隆时期，清宫的每件大事几乎都有铜版画做出记录而名垂青史。《平定准噶尔回部得胜图》等鸿篇巨制，让清代为疆域而战的搏杀历历在目，声犹在耳。

这种无与伦比的客观记录功能正是版画的魅力所在。呈现在读者面前的这本《京华遗韵》版画集是李弘女士几年的心血之作，使人读之慨然。

我们究竟了解我们自己多少？这些版画或多或少可以告知我们历史的真相。它不动声色地记录了北京四百年来的朝野景象，让后人能看到历史的变迁，尤其是逝去的文化。

铜版画本来是西人的专属，曾在康乾盛世时为清宫服务，珍本仅在宫内流传。而此书中有些不受皇家制约的生活小景，正是西人窥视我们历史的真切一瞬，当年也曾是西方人了解中国的窗口。

《京华遗韵》图之美丽难以言表，文笔平实而感人。它把当年西人的想象与现实的差距、今天我们的想象与古代的差距汇聚一册，让西人了解美丽的古国，让今人了解勤劳的先人。

　　这些，由一个女子以其坚韧不懈之力，涓涓汇成溪流，润万物于无声。让我们这些坐享其成者真切感到她的拳拳爱国之心，也感到版画文化的特殊魅力。

　　是为序。

马未都

2007.10.31 夜

——本文原为《京华遗韵》序

寸小之器，大千世界

鼻烟壶作为清代的工艺品代表，至乾隆时就已登峰造极。达官贵人、贩夫走卒所熟悉的陶瓷、玉石、玻璃、竹木牙角、金属珐琅等所有门类，都在这门工艺中发挥得淋漓尽致，令后人无法超越。谁知嘉道之后，在清代工艺每况愈下的背景下，内画鼻烟异军突起，一反偃旗息鼓之势，将大千世界融进方寸之间，以小见大，在表达技巧的同时，表达了文人微妙的情感。

从甘烜文起，文人们一反常规，将画笔内置寸壶之中，反向在壶之内壁作画，由生涩到娴熟，至清晚期先后出现了周乐元、马少宣、叶仲三、丁二仲等大家，使得鼻烟壶没有完全囿于中国古代工艺禁锢之中，在艺术堡垒中开了一扇明亮的天窗。

透过这扇天窗，我们看到了艺术的另外一种表达形式，在高难的技巧之中，艺术家要摒除杂念，神情笃定，凭借耐心与技巧，让艺术成之为艺术。

寸小之器要反映大千世界谈何容易。如没有内画这一崭新的艺术形式，艺术家们也很难燃烧起艺术激情。艺术首先要感动自己，其次才能感动别人。本来是个人把玩的雕虫小技，可谁知百多年来日渐丰腴，派别丛生，让内画鼻烟壶在清代以及当今的独特艺术中成为独门绝技。

我与黄三先生相识已久，当年在众多高手中，他的作品就突出耀目，显示了深厚的文学素养和极高技巧。在内画鼻烟壶中，修养第一，技巧第二，修养比技巧更为重要。在艺术的高层面追求上，强调感受是唯一途径。而黄三先生的肖像内画，其感受力当今折桂。

马未都

2008.10.17

——本文原为《黄三内画》序

含香体素，寻觅本真

扫一扫，听我讲
本文背后的故事

残砖断瓦曾是中国文人的情怀，尤其清代"乾嘉学派"兴起之后，凡带文字或纹饰的砖瓦都成为文人追逐的目标。明末清初大儒顾炎武作为清学的开山鼻祖，亦为"乾嘉学派"的创始人，他强调经世致用，提倡朴学，讲究无证不信，故对历史遗存视若拱璧，把玩遗珠乐此不疲。

古人从片瓦残砖中捕获出文化信息，不仅滋养文人士大夫的身心，还平添几分生活乐趣。让秦砖汉瓦成为案头的陈设，跨越千年乃至两千年，品味不请自来。中国文化的延续性就在于已消亡的某种文化不知何时何地遇知音即刻起死回生，残砖断瓦是，陶瓷残片亦是。

凡三十年来，中国大地基建密布，不期而至的各类陶瓷残器残片层出不穷，窑址积累的废弃物默默委身地下几百年，重见天日时恍然不知所措。直到有一天，有人发现了残器之美不亚于整器之丽，残片之缺不在乎整器之全，好事者以高超手段将其黏合，让今人窥见历史一半风貌。

这已算是后人的福分，有更好事者将黏合之器借纸笔又一次再现；在真实情景与虚幻环境之间，画家用笔墨诉说，只可意会，不可言传。观者自有感触，深浅悲欣不同而已。

今日画家可画题材广泛，但以文人心态绘制新时代清供并不多，尤以陶瓷修复残器为本，添以个人情趣，小品大样，宿利群先生意在笔先，费尽心机。

其实绘画的精髓真不在技法，独在心机。

是为序。

马未都

丁酉六月初四

——本文原为《含香体素》序

奇葩逸丽，淑质艳光

扫一扫，听我讲
本文背后的故事

中国人用竹的历史在早期文化中多有呈现，因竹易朽，留下的实物并不多。竹简与木牍为中国古代书籍存在的最初形式，汉以前的大量文献就是因为简牍而保留了下来，让后人有幸看到《论语》《尚书》《礼记》的最初模样。

与竹相关的事物多与文化和日常生活相联。文房有笔、笺、筒、簿、籍，乐器有笛、笙、竽、管、筝，工具有筒、笼、筌、篓、箱，用具有笏、筹、签、箸、笄，等等等等，不一而足。这些列举的文字均在东汉许慎著的《说文解字》中有注释，字义古今相差无几。由此可见，竹文化的生命力之顽强。

在浙江良渚文化遗址中，发现了竹席、竹篓、竹篮等文物，良渚文化距今五千年左右；后又在湖南高庙文化遗迹中发现竹篾垫子，竹篾经纬清晰，孔目排列大小均匀。而高庙文化至少早于良渚文化两千年。以竹为用到以竹为友，古人在漫长的文明之路上一路前行，从未抛下过中国绝大部分尤其江南地域随处可见的竹子。而竹子以其韧性、中空、速生、耐寒等特性获得文人的好感，与松梅一道成为岁寒三友，又与梅兰菊一起，成为四君子。竹具有崇高坚劲之节，又有虚怀若谷之心，自古以来文人不吝溢美之词，画家不惜丹青笔墨，将竹文化推至圣洁领域。

《诗经》咏竹："瞻彼淇澳，菉竹猗猗。"《史记》载竹，"渭川千亩"，竹园官营。宋人戴凯之始著《竹谱》，待元人李衎收录《竹谱》时，竹的种类达三百三十四种。到了明人朱松邻刀下，竹已变纸，故事书法篆刻皆跃然于上，以刀代笔，变大千为小景，著宏观为细微，让竹艺到此焕然一新。虽唐代文献有载，其时竹刻"人马毛发，亭台远水，无不精绝"，而宋有工匠詹成，"雕刻精妙无比"，但均限于文字，无实物存世。朱松邻以"松鹤图笔筒"展现技巧与才华，苍松老干，瘦节斑驳，枝干虬劲，松针郁郁；此作品为中华竹刻艺术经典之作，可视为里程碑。

这之后，竹刻艺术一发而不可收，竹刻工匠留下姓名者蔚为大观，作品如过江之鲫，各流派争雄竞秀，各显其能。嘉定派奏刀深峻，洼隆深浅，传达文人的野趣朴茂；金陵派惜刀不舍，重薄轻厚，表达工匠的文人情怀；至于浙派竹雕，

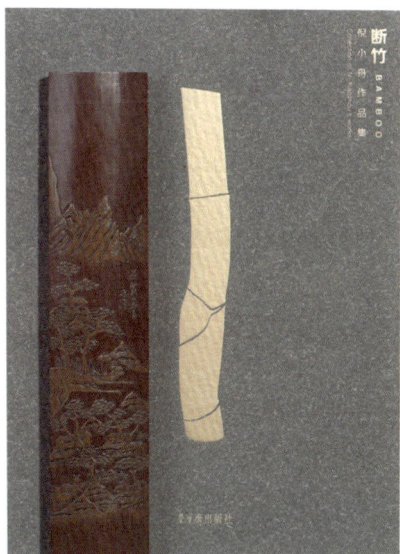

清代
竹刻山水人物纹臂搁
观复博物馆藏

则另辟蹊径，留青皮雕，强调韵味，追寻笔墨之效。然无论何宗何派，自明晚期四五百年以来，固守竹刻之原则，为文人雅士添趣，为富商巨贾增乐。

近些年国学陡然增热，传统技艺又枯木逢春。竹雕工艺也不例外，仿古器渐呈风涌之势，创新者亦日益昌隆。理解竹，不能仅仅停留在竹性上，更重要的是要在其千百年来祖先积累的文化性上做文章。王安石说："道有本有末。本者，万物之所以生也；末者，万物之所以成也。"用这句话套竹雕艺术，方可知竹之挺拔中空强韧有节的文化情结形成的根源。

我与倪小舟先生仅见过两面，小舟先生身上透着江南才子旧时的清高风骨，对竹之态度也有异于俗界。他理解的竹雕多为创新，不沿袭明清的老路，也不急于以手艺换米，静心踏实地将每一支竹如美人对待，尤其"断竹"系列，搜集千奇百怪的废弃之材的时间多于动刀刃的时间，思考的过程长于制作的过程，让本来已丢弃的竹子焕然成为艺术，而这艺术又"苏世独立，横而不流"。

《断竹》结集出版，载入史册。未来中国的竹刻艺术又多了一株奇葩，司马相如的《美人赋》说"奇葩逸丽，淑质艳光"，这话描述"断竹"实不为过。

是为序。

马未都

丁酉霜降前一日

——本文原为《断竹》序

我的口舌之快

扫一扫，听我讲
本文背后的故事

　　我是个极爱聊天的人，年轻时尤甚。三五好友凑在一起，聊兴一来，摁都摁不住。加之朋友们大都是侃爷，一个比一个能侃，日久天长聊技自然就有长进。

　　可岁数大了，同龄朋友都各奔东西了，都有了自己的营生；过去说棋逢对手，将遇良才，我这儿想下棋却找不到对手，冲着棋盘发愣也不是办法，恰巧脱口秀在网络上悄然兴起，于是乎，对着镜头开聊，以解口舌之快。

　　人在生理上有许多快感，最快乐的快感因人而异。娓娓道来算一种，火山喷发算另一种，二者兼顾就会更快乐一些，让说者听者情绪都得以满足。《都嘟》说得时好时坏，风雨可见，冷暖自知。

▲　明晚期 火烧玉卧马 观复博物馆藏

　　我的优势是无需临时掉书袋，因为小时候没有书看，反倒逮到什么看什么，该看不该看的都看，看什么都有意思，看什么都入迷。加之青春岁月又阴错阳差地当了十年编辑，见了无数文青、傻青、愤青、愣头青，阅人无数，以致说起《都嘟》来，时不时地冒出一些趣闻往事、男女旧人。

　　往事旧人许多能说，许多不能说。说了不能说的就不厚道。人的前半生总是不如后半生过得仔细，年轻时没有荒唐就等于没有年轻过，可后半辈子活得仔细了也未必有意思。下棋打球交友恋爱工作创业都是错了记一辈子，有后悔很正常。后悔是人类区别动物最有价值的情感之一，弥足珍贵。

《都嘟》上线一年，点击两亿，粉丝五十万。这实打实的数据是支撑我花甲之年还能继续前行的动力。希望我一个过来人能将人生之经验人生之过错说与你们，虽然未必能使你们躲过时代的明枪暗箭，但或许能帮助你们增强拔箭疗伤的能力，此是忠言。

是为序。

马未都

2015.10.2 夜

——本文原为《都嘟》自序

紫禁城的记忆

扫一扫，听我讲
本文背后的故事

陶瓷是人类最早发明最多利用的一种容器，容器的革命即为文明的进步。陶瓷的成长与人类文明进展几近同步，进入新石器文明以来，陶瓷在每一时期都清晰地标出历史的高度，改变着人类的生存质量，继而演变成为一种文化。

作为这样一种与我们生活息息相关的容器，研究它历史与文化的文献并不多见。南宋人或元人蒋祈的《陶记》，元末明初人曹昭的《格古要论·古窑器论》，明嘉万时期人高濂、屠隆（1544—1605）、宋应星（1587—约1666），清人唐英（1682—1756）、梁同书（1723—1815）、朱琰（生卒不详，1766进士）、蓝浦（生卒不详，清中期人），虽各有研究成果，但文字有限，后人读之总有不甚解渴之感。直至新中国成立之后，在三十余年前倾国家之力，完成了皇皇巨著《中国陶瓷史》（冯先铭等五人主编），才让研究及喜爱陶瓷者有了基本依靠。

自《中国陶瓷史》1982年问世之后，国内外研究陶瓷的学者及爱好者依附这棵大树，确立了自己的研究方向，三十年来让这棵大树枝繁叶茂，硕果累累。观其硕果，多有雷同，另辟蹊径者寡，下苦功者亦更寡，故成果虽多，味道趋于一致，难以有大成就者。

陶瓷作为古代最高科技的生活用具，不可避免地融入地域文化内容。从新石器时期的彩陶文化到原始青瓷的产生，从魏晋南北朝的不甚确定的局面到盛唐之后南青北白的格局形成，从辽宋金蔚为大观的创新品种到元明清之后景德镇的一枝独大，陶瓷的发展脉络清晰可见。虽历朝历代无专著详尽记载这一变化历程，但仍有只言片语的文献记历史变迁于万一。

老子说："埏埴以为器，当其无，有器之用。……故有之以为利，无之以为用。"（《道德经》第十一章）《考工记》也说："凝土以为器，……圣人之所作也。"两千五百年前的先贤对陶瓷的认知如此提纲挈领，令后人的相关研究战战兢兢，如临深渊，如履薄冰。

陶瓷是中华文明引以为傲的大课题，读懂了陶瓷的历史就读懂了中国的历史。这表述并不玄妙，中华文明以其长寿著称于世，陶瓷相伴相随而从未间断，由陶及瓷，由单一变复杂，陶瓷一步一个脚印，扎扎实实为中华民族文明填写绚丽的文化篇章。所以，自唐宋以来，有关陶瓷的记载多有入册：唐诗中的"邢窑""越器"，"月魂""云魄"（皮日休），"越碗""琼浆"（施肩吾），"越瓶秋水"（许浑）；宋词中的"定州花瓷琢红玉"（苏东坡），"建安瓷碗鹧鸪斑"（黄庭坚）；元曲中有"活鱼新酒""瓦钵瓷瓯"（关汉卿），"何愁盏大，不惧瓯深"（张可久）；至于明清小说，《金瓶梅》交杯换盏中的半推半就，《红楼梦》随手拿出的大观盘、汝窑瓿、成窑五彩小盖钟（盅）。这些都在提示陶瓷已在先人的生活中无处不在。

而研究陶瓷历代之作寥寥，宋元明清以来都是倾个人之力，凭一己兴趣，著书立说仅为一家之言。直至朱琰的《陶说》出现，才算是有了中国陶瓷的简史，说今说古，尤其《陶冶图说》将景德镇烧窑工艺淋漓尽致地表现出来，《说器》分上古、中古、近古，洋洋洒洒，凡八万八千字，以古籍字数而论已是鸿篇巨制。

这些文献，能使陶瓷研究者据此深掘宝藏，喜爱者以解沙漠跋涉之渴，收藏者则希望窥见其中的蛛丝马迹，让积思顿释，让谜云风散。然古籍与今人之间有着时代沟壑，信息如丝如缕，剪不断理还乱，这就需要今人运用今天之信息通达的特性，重新著书立说。

写书易，写好书难，写出一部对他人有用的书不下苦功不可以得。凡三十年来，有关陶瓷类别的书面世不少，以图代字者为多，拾人牙慧者亦不在少数，创新很难，学术界尤是。而这本《紫禁城的记忆——清宫瓷器档案文房器物辑览》资料浩繁，抽象文字与具象瓷器尽可能一一对照，让研究、爱好、收藏者都能一目了然，事半功倍地学习认知这一时期的宫廷官窑作品。

有清一代的官窑烧造最为成熟：首先是官窑制度由明代近三百年的完善，已形成一整套完整供需制度；再则是清代君王学习汉文化的具体实施，加之从郎廷极经年希尧到唐英，身居高位的朝廷大员身担要职，让景德镇烧制官窑器成为皇家钦点的重任。因此，才有清宫与陶瓷相关档案之多之繁，才构成了清代宫廷制瓷的最重要依据。今天看来，弥足珍贵。

把这部分档案通读并筛选出有关文房一类，说易做难。读古籍要有耐心，还要有能力，更要有专业，缺一不可。摆在案前的清宫档案三千万言，以一日五万言的阅读速度，读完就需两年，两年废寝忘食，换得对此的理解，对有心者值，对有意者则能享受其值。知行合一，对每个人都是考验。朱熹说："论先后，知为先；论轻重，行为重。"所以王阳明解释说："知者行之始，行者知之成。"

这本厚厚的大书对卞亦文先生来说，可以说成了。非常不易，甘苦自知。虽为辑览，我甚至认为比写书还困难，不加自己的观点，实际上又有自己的观点，难就难在不露声色地表达专业态度，要准确，要翔实，要禁得住自己和读者的反复推敲。

我与亦文相识多年，君子之交，清淡如水。他自己做了家拍卖公司，显得与众不同，专业而执着。他宁肯拍卖一些残破之器"犹珍"，也不肯做昧良心之事，从这本辑览即可窥见其端倪。按说这种累人又费力不讨好的事情本应国家研究单位做，可研究单位却又常常望洋兴叹，亦文只好驾独木舟只身前往，还好他今天已踏上彼岸。

我以为此书在若干年后会凸显它存在的价值。

是为序。

马未都

丙申初一夜

——本文原为《紫禁城的记忆》序

纸上宝石，书中蝴蝶

扫一扫，听我讲
本文背后的故事

鲁迅先生在20世纪30年代曾热衷于藏书票。他不限于收藏，还潜心研究继而推广小型木刻版画。1931年，鲁迅先生创办了木刻讲习会，他在介绍欧美版画的同时，也关注再度刊刻中国传统古代版画。在先生的影响下，踏上美术之路的许多青年人构成了新旧中国交替时最为重要的美术力量。

这股美术力量对20世纪中国的影响非同小可。20世纪的媒体是报纸的天下，小型版画则是报纸的最佳表现形式，延安"鲁艺"的经典之作让黑白两色的木刻风靡了新闻出版界。这种简单的美术表达，以最为直接的宣传效果传达了作者想要表达的精神内容。

这一切实际都缘于西方的藏书票的引进。藏书票与藏书印不同，藏书票不仅个性化，还具有传播功能中的共性化特征；而中国传统的藏书印只限于个性化的表达，私密性很强。西方的开放理念与东方的传统保守在藏书行为上泾渭分明。

藏书票的历史可以追溯到欧洲的文艺复兴时期，它比邮票要早出现300年。尽管藏书票上多数有拉丁文"EX LIBRIS"（属于我的书）的字样，但它还是作为公共艺术迅速风靡出版业。文艺复兴之后，西方的出版业蓬勃发展，德国印刷业的革命让书籍不再是贵族的独享，从侧面也催生了资本主义的诞生。藏书票作为出版的配角，静观沧海巨变的同时，也给书籍装帧带来新颖之风。

在藏书票诞生并使用了近500年后，偶然的因素使它进入了中国。作为公开的提倡及推广，还是鲁迅先生等一行人的竭力而为。今天保留下来的许多相关资料，可以看出当时上流社会的文化态度，我们所知道的除鲁迅先生之外，还有许多文化名人都有藏书票的收藏，比如郁达夫、唐弢、郑振铎、臧克家、刘白羽、范用、丁聪等。

藏书票最初的出现显然是为贵族所设，一般认为德国的勃兰登家族最先使用了藏书票，这也与德国印刷大国的身份相匹配。贵族的族徽图案不仅是贵族的荣耀，同时也是公众的向往。藏书票经法、英等国渐渐传遍了欧洲。欧洲当时的大画家马蒂斯、高更、毕加索、马奈等人参与创作，福楼拜、雨果、马拉美、狄更斯、海明威、杰克·伦敦等欧美作家积

极使用，这些都从客观上让藏书票身价倍增，成为欧美出版史不可或缺的一个环节。

　　我和藏书票结缘实出偶然。在出版社的日子里多多少少了解了一些藏书票知识，但出版社没人关心，我又不是美术编辑，所以插不上手。离开出版社后做了博物馆，收藏由业余变成主业，声名在外。一天，子安通过朋友找我，询问我对藏书票有无兴趣。人生有前世今生，冥冥之中已经远离的出版情结再度被打开，对书的感情如同初恋久久无法忘怀。于是乎如此这般，前世因缘，今生再续。荷兰藏书票家汉克·布尔（Henk von Buul）先生的毕生收藏 12 万张藏书票，历经两年的磨合交流易主，入藏观复博物馆。

我是相信专家的。与子安交流，凡涉及的藏书票他如数家珍，专业上对答如流。我对专家的能力大小就看他对问题的反应与解答，凡遇问题支支吾吾者，轻则学业不精，重则作伪为生。而子安不会，双语的长处，性格的平静，以及修身的自觉，都让我对他高看一眼。在他的帮助下，一位荷兰学者兼藏书票家的毕生收藏，跨过千山万水，到达东方的彼岸，故事本身即构成了一个传奇。

子安这些年写了不少与藏书票相关的文章，散见报刊与网络，我陆陆续续读过一些，许多内容读来新奇且翔实，与我们的现实既远又近，与我们的生活既熟又生。现在子安的文章结集出版，让喜爱藏书票的读者有个读书的快乐，我亦能融入其乐，遂撰文记录示贺。

是为序。

马未都

2016.3.19

——本文原为《藏书票札记》序

汉画无声，可知喧嚣

扫一扫，听我讲
本文背后的故事

纸张发明之前，绘画大都是通过硬质材料传达的，从早期的岩画到汉代最为普及的画像砖、画像石。其实画像砖（石）仅是一个统称，无论是画是刻还是模制，汉代画像作品为后人留下了一座取之不尽的财富宝库。两千多年来，这宝库一直在传递着汉朝光辉灿烂的文化及内容丰富的信息。

这信息包罗万象，将一个中国人既熟又生的社会画卷展开，一点一滴地诉说着汉代的伟大成就，从精神上的谶纬之学、迎宾拜谒到物质上的庖厨宴饮、亭台楼阁，从娱乐上的六博对弈、乐舞杂技到技能上的射御比武、驰逐狩猎，我们欲了解汉代社会，再没有什么媒介比汉画像更能表达得直接准确了。换言之，只有汉画像才能将那个久远神秘的伟大时代再现。

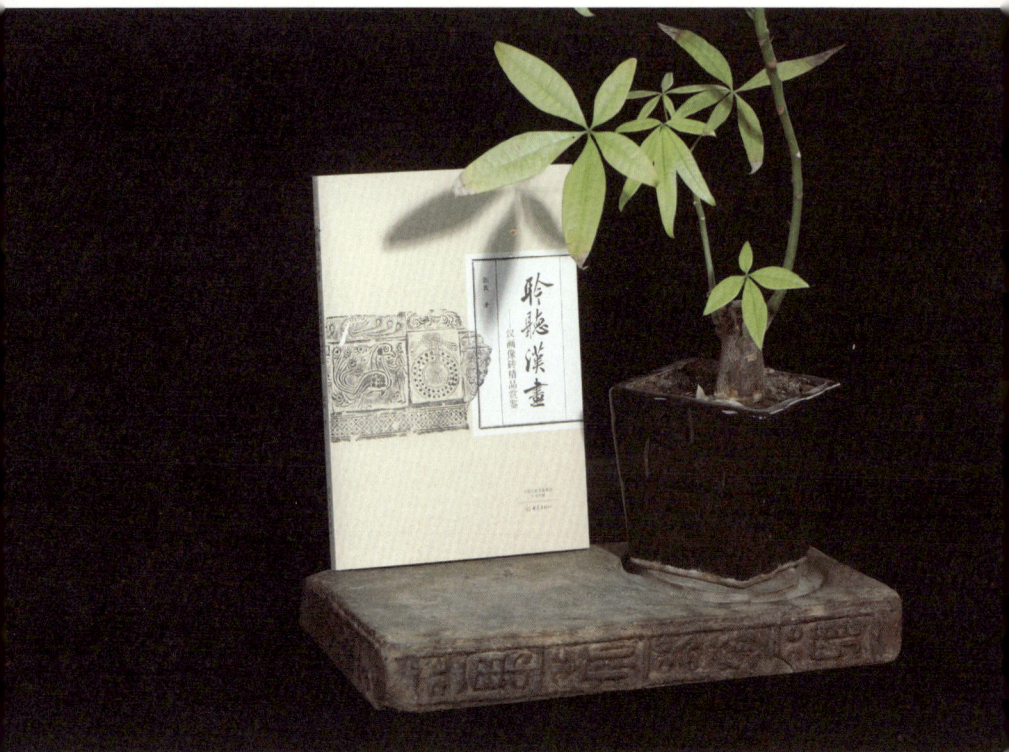

▲ 汉代 画像砖 观复博物馆藏

因此，我们深感幸运。

这种幸运在于，汉代那么多的无名工匠自觉不自觉地将他们所处的社会真实地记录在案，或用刀，或用笔，或用其他手段，记录他们的爱恨情仇，并让这些记录跨越两千年抵达至今，不走样地让后人欣赏他们的杰作，知晓他们的社会，理解他们的情感。

这就是汉代，莽莽苍苍，赫赫扬扬。汉代对中国的影响深远，我们的文字叫汉字，语言叫汉语，人数最多的民族叫汉族，这是我们文化的根基，我们的文化就是由此一点一滴积累起来的。汉画像是一部长篇多幕大剧，将汉代四百余年的风貌，通过小至一丛草、一棵树，大至一场战争、一个传说，全方位地记录。工匠们只顾肆意表达自己的情感，在阴间里穿梭，在神话里徜徉，在自己的天地里春种夏作，秋收冬藏。他们把汉代风貌事无巨细地记录下来，毫无保留地传给了我们。

我们今天看见每一幅汉画像都会很亲切，它反映的毕竟是我们祖先的生活啊！因为祖先们充实的每一天才让我们知艰难，知荣辱，知敬畏；尤其看到这些汉画像神奇地聚在了一起，我们才知道为它做什么也不会多余。

我与张敦先生素昧平生，极偶然的机会他送给我几张汉画像砖拓片。后来他携大作来北京找我聊天，我翻阅书稿时深知他的不易，业余收藏、研究并做出如此成就，必然穷半生之力，辛苦自知。尤其他又处于基层，收集资料多有不便，把文章写得扎实又充满情感，只有真心热爱者才能如此。我主动提出为他的新书作序，他听后欣然，我亦欣然。

汉画像在中国古典美术中地位举足轻重，对后世产生了极大影响。它是汉代艺术的百科全书，又是先秦与中古的节点，承前启后，重任担当；先秦之百家争鸣的氛围，大汉之后的独尊儒术，都可以在汉画像中捕捉到，这信息对于解释我们这样一个延续了五千年之久的民族极为重要，也是必需。张敦先生身体力行地以个人之肩负起如此重任，着实令人感佩。

古人说：聪者听于无声，明者见于无形。汉画虽无声，可以知喧嚣。是为序。

马未都

丁酉秋

——本文原为《聆听汉画》序

第三篇

杂谈

短长都罢，要活得明白

扫一扫，听我讲
本文背后的故事

我是一个对各类事物都感兴趣的人，十分愿意思考其规律，"物有本末，事有终始"。大家熟知的文物收藏不过是我的业余爱好。早年喜欢过文学，错以为文学是一生的事业，后来发现人生有许多事情比文学还绚烂多彩，就势利地离文学远去了。走进文物领域，深知此处积淀之厚，非一世之功不可攻入，故兴趣盎然。世上凡能成事的人都要保持这种兴奋，持之以恒。王安石所以说："君子不可以不知恒。"

写这套丛书时我已53岁了，可以说集前半生的经验，做一个总结。其实事实也是如此，如果我的出生是起点，现在算是一站，下半生决没有等长的时间了。所以古人常常发出哀叹——人生苦短。

▲ 唐代 三彩骑马仕女俑 观复博物馆藏

其实短长都罢，关键是要活得明白。这套小书理应叫《明白集》。

是为序。

马未都

戊子冬日

——本文原为《马未都说》自序

寒夜客来茶当酒

扫一扫，听我讲
本文背后的故事

我做文学编辑时年轻，负责小说，错以为捧上文学金饭碗，因此豪情万丈。每天骑车上班，迎着朝阳，看什么都披着一层金色光芒。文学在我们这一代以及上一代人心目中的地位至高无上，沉重而坚实。

但我后来发现，文学并不自由，尤其小说，甚至不如散文表达淋漓；文学如强行自由，一定陷于污身的泥淖，永远也洗不干净，作者与读者都不甚愉快。说不出的原因，让我远离了小说。

再后来，我误入了文物的天地。先是茫然，但其间确实充满了诱惑，而且是一种不可抵御的诱惑，让我在此彻底投降，走入文物证明的历史。

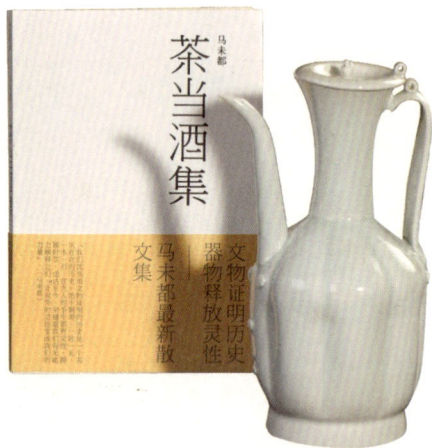

▲ 南宋 福建窑口影青釉瓜棱执壶 观复博物馆藏

　　我们民族用文物证明的历史是一个实实在在的历史，绝不缥缈。一砖一瓦，一木一石，在先人的手中都有灵性，跨越时空，送达至今。关键看我们有无能力解释它们，让祖先的灵性变成我们的力量。

　　茶，南方之嘉木。下此结论者陆羽，距今已逾一千二百年。汉已用茶，至唐方普及到北方，澄心静虑，祛病怡情。读史如品茶，涤烦疗渴，回味绵长，所以第一节为茶。

　　酒，远古之佳酿。夏商饮酒，醉者持不醉者，不醉者持醉者。酒对先人，有疾则饮，遇喜酩酊，解忧治病。收藏如饮酒，一杯可醉，五斗高谈，所以第二节为酒。

"寒夜客来茶当酒，竹炉汤沸火初红。"（杜耒）物质是可以替代的，情感却难以替代。我现在已不年轻，但回忆起年轻时的豪情一切都历历如昨，汗颜不已。随手记录下一段情感，当时也许随意，事过多年重睹，亦可能百感交集。

辑这样一集册子并不是我的本意，杂乱无序。有的文章写于二十年前，早已湮没，重新捞出晾晒，恐读者心有微词；面对子康先生的诚恳邀请，陷于两难之中。

其实人生多数时间都是这样，在放弃与选择之间。

是为序。

马未都

2009.11.12

——本文原为《茶当酒集》自序

茶酒两生花

扫一扫，听我讲
本文背后的故事

此书本有一序，写于八年前。我原以为这类旧作结集有炒冷饭之嫌，读者未必买账，谁知此书一版再版，可见冷饭炒得好也会有市场，著名的蛋炒饭最初发明者依赖的就是剩饭。

以茶当酒为古时文人雅士聚会时的某一种意境。有酒当然好，喝至微醺最佳；没酒时有茶亦好，可以代之饮至陶醉。茶当酒少一分放纵，多一分儒雅，故成文人常态，借用书名，算是沾古人的光了。

其实，读自己的旧文章也很奇妙。岁月悠悠，一晃卅年，卅年之前的文章今日还能读，完全依赖早期的文字训练。做文学编辑的日子虽远去，但历历在目，文学的滋养对每个人一生都极有好处，我就是身受其益且无法言谢，都在笔中了。

此次改版，做了部分删减调整，以期更接近以茶当酒的本意。这些年，国学再度盛行，公众对品味、审美、收藏的需求大为增加，知道了文化带来的快乐才是终身快乐。由浅入深，以近求远，让精神享受超越物质享受，《茶当酒集》身体力行，格物致知。

感谢读者的宽厚。

再版又序。

2017.3.14

——本文原为改版《茶当酒集》序

偷得浮生半日闲

　　杂志这个今天被叫滥的名字实际上出现得很早。宋朝人把零星记载的传闻、逸事、掌故等笔记合集出版叫作杂志。著名的有北宋江休复的《嘉祐杂志》，南宋周辉的《清波杂志》。这些书都为后人留下了宝贵的文字，今人读来，许多小事仍让人唏嘘长叹。

　　我拉拉杂杂地写下许多小文，没有系统，也未考虑过章法，只是兴之所至就舍不得浪费。倚仗年轻时曾有一段日子码字为生，写小文不算吃力，快则十五分钟，写得不顺也能一小时了事，然后顺手挂在网上。时间长了，如同海边挂的鱼干一样，远观算是一景，走近空气中还飘着咸咸的腥味。

　　腥是鱼的本味，小腥乃大鲜。唐温庭筠《太液池歌》有句"腥鲜龙气连清防，花风漾漾吹细光"，写得有味有色。这本集子分志忞两本，说白了就是上下集，但心中有一丝不安，好在汉字字义字形都丰富，借来一用，别有韵味。

我赶上了一个变革的时代，眼睛都跟不上社会的变化。这些年没少出门走路，东游西逛的，有些感受。另外，社会纷杂，天天跟各色人等打交道，阅人无数成了资本。再有就是生活，大事小事大小事都对人是个历练，宠辱不惊，说归说，做到不易，凡事装不出来。还有我们津津乐道的文化，这是个最说不清的事情，连辞典的解释都虚而不实：人类在社会历史发展过程中所创造的物质财富和精神财富的总和。

小书取名杂志，多谢古人。谨为自序。

马未都

2011.12.8

——本文原为《马未都杂志》自序

最美好的时光

扫一扫，听我讲
本文背后的故事

中国青年出版社的前身叫开明书店，与现存的商务印书馆、中华书局为民国时期的出版界三雄。开明书店 1926 年在上海成立，创办人章锡琛。开明书店拥有夏丏尊、叶圣陶、丰子恺、周振甫等编辑大家，出版过茅盾的《蚀》《虹》《子夜》，巴金的《家》《春》《秋》，还有林语堂编的《开明英文读本》《郁达夫选集》等等。1950 年，在社会主义公私合营的大潮中，开明书店与青年出版社合并。

当年我调到出版社时，迎面古风习习，东侧一个王府级的大四合院，西侧有一座二层民国小楼，亦中亦西的环境与出版社相当匹配，可惜在改革大潮中都拆除了。我曾看见过老开明书店的房契，厚厚一摞，听老先生讲，民国时期开明书店全国拥有分店几十处，北京、上海、南京、沈阳、广州、福州、长沙、杭州，连台北都开有三处分店，可惜现在都是纸了。但这依然让我顿生崇敬向往之情。

我年轻时最美好的时光是在中国青年出版社度过的，那时面对这些如雷贯耳的前辈，怀揣着文学梦想，每天心中都是朝阳。前辈们语重心长地告诉我出版社的光荣"三红一创"，《红岩》《红日》《红旗谱》《创业史》，每每听到这些都让我不由自主地拥有使命感。于是，我在出版社兢兢业业当了十年编辑，结识了当今最著名的一批作家。

我在出版社时根本没有想过能在本社出书，当时讲究廉洁，谁都不在本社出书，以避嫌疑。离开出版社二十多年了，出版社剩下的老人不多了，没想到他们还惦记着，想为我出本书。这让我有回娘家的感觉。于是将新书拱手交付，就是这本《马未都杂志》，忝列门墙。

人生多种多样，但跑不了轮回。后记于此。

马未都

2012.2.22

——本文原为《马未都杂志》后记

从小物中挖掘渐渐遗失的美好情怀

扫一扫，听我讲
本文背后的故事

俞悦主编一本航空机上杂志，我又经常坐飞机出门，早年出门时还会带上一本书算是依赖和消遣，可近些年出门频繁加上精神懈怠就犯懒不带书了，在飞机上有什么就看什么，随缘翻到《中国之韵》。这杂志不是传统的那种面面俱到的机上杂志，而是以中国文化为主。我是编过杂志的，先看卷首语，上面签着"俞悦"主编的名字，字体舒张，我凭经验以为是男人。

杂志办得用心且专业，很合我的口味。回到办公室就按杂志上的电话联系，希望能按期得到它。没承想接电话的正巧是俞悦，听声音才知是女性，于是如此这般聊了几句，杂志也就寄到了观复博物馆。

后来一来二去地就和俞悦熟了，时不时地发个信息，偶尔约着聊个天，对她的过去也多少有些了解。俞悦快人快语，文章写得也是如此。每期卷首语都寥寥几笔将这期的宗旨说清，其中你会自然而然地将她的辛苦体会，将她的意图弄清。我当编辑时老和别人说，不看卷首语是个阅读吃亏的事，不看俞悦写的卷首语就更是这样。

俞悦的文字娓娓道来，不疾不徐。可以看出她曾下过功夫，有过磨砺，也可以感到她曾有过的对传统文化的痴迷，所以文字之间常常流露出而不是挤出文化韵味。《中国之韵》共出版了多少期我不得而知，俞悦写过多少篇这类小文我也不得而知，只知道她是一个女子，对文化有敬意。

女子对文字的感受总与男人有所不同。男人力求解释社会，女子总爱解剖自己，所以天下就有男子女子两种文字。如果你对文字敏感，是可以在字里行间知晓作者性别身份的。无论作者如何隐藏自己的性别，他或她也不可能将人性中最为特殊的两极完全隐蔽，他或她也会在不经意时敞开心扉，让读者看见性别之心。

俞悦的小文结集出版，取名《小物语》。物语本不是中国固有词语，属于日本平安时代的文学体裁，日本最著名的《源氏物语》距今已逾千年。简单地说，物语就是故事，但起名就是两个思路：中国的"故事"讲述的是过去的事情，日本的"物语"表现的是万物的谈论。在故事和物语之间，前者注重精，后者注重神，说来也算复杂，故事多为神中之精，物语应为精中之神。

而读者在乎的则是精神。

是为序。

马未都

2015 年元旦

——本文原为《小物语》序

以漫画读博物馆，文化不再抽象

扫一扫，听我讲
本文背后的故事

我幼时对博物馆的全部印象停留在坐高台阶上喝自制汽水吃干面包，条件好的同学再带个煮鸡蛋；而完全不在意博物馆的展品，那些看不懂的离我们又远的东西冰冷地待在玻璃窗内，没有人为我们专门讲解过。以致多年以后可以炫耀的就是一句话：那博物馆我去过。

但看见的东西全都忘记了，根本没有保存在记忆里。当成人后我喜欢文物时再去博物馆参观时，竟然发现那么多有意思的文物，令人目不暇给，苦苦回忆儿时参观经历，完全一片空白，面包和鸡蛋顶替了五千年的灿烂文明。

后来我有机会参观世界各地的博物馆，每每参观之时发现随处可见的是小学生，一群群地坐在地面，仔细聆听老师的讲解，画面温馨，令人神往。时间长了，次数多了，我就发现中小学生参观博物馆似乎是西方教育的最佳最常见的手段，省钱又高效。在古代文物面前，怀着虔诚的心情，听老师讲解过去的一切，对比今日，才知道历史一路走来，留下的脚印是那么清晰，那么结实。

由此我开始羡慕他们，在观复博物馆办馆的二十年间，大力推广学生的互动，让博物馆为他们留有一片天地，让孩子从小接触文物，触及他们的心灵。只是每每看到有关文物或博物馆的书籍都非常成人化，难得看见专门为孩子写的博物馆的书。

"世界博物馆漫画"系列是专门为孩子们写的，着重介绍了世界最知名的十家博物馆以及中国五家博物馆。这对小读者们（包括大读者）无疑是个福音，以最快的方式预先浏览一下这十五座博物馆，不仅学习到了知识，更多的是开阔了眼界。人的一生中如果能亲自莅临这十五座博物馆，可谓人生圆满，读此书算是先行一步，预热未来。

用漫画的形式介绍博物馆，让浪漫与严肃结合，教育功能则事半功倍。尤其把不同文明、不同文化、不同历史轻松地展现给读者，让文明不再虚无，文化不再抽象，历史不再沉重，这对于成长期的少年儿童，包括成年人，裨益良多。

三十五年前，我惶惶然走进中国青少年儿童出版社的大门，成为一名文学编辑。后来两社分开，中青中少仍在一个

大院子里办公，情景历历在目。时过境迁，当年的同事林栋先生找到我，希望我为这套书写序。我办博物馆二十余年，甘苦自知，蒙老友记得我，当然责无旁贷，遂作序文如上。

感谢每一位读此书的大小读者们，博物馆不仅为你打开眼界，还为你铺平一条快乐的人生大道。

马未都

2016.10.21 夜

——本文原为"世界博物馆漫画"系列序

观复猫的出现是个宿命

扫一扫，听我讲
本文背后的故事

对于观复博物馆而言，观复猫的出现是个宿命。这个宿命出现在一个雷雨交加的夜晚，花肥肥最先来到，一来就以主人的心态趴在办公桌上看我写作。从这一刻起，喵星人就走入了观复博物馆，走入了我们的心灵。

在与人类亲密接触的动物中，猫是最精灵古怪的，保留下来的野外习性最多。猫在屋中蹿上蹿下的，神出鬼没，无时不有，有又如无，让我们与它们的关系若即若离，相互看着度过每一天。

慢慢地，我们与猫的情感加深，观复猫的队伍日益壮大，最终成为一个完美的江湖。在这个江湖中，猫与猫、猫与主人、猫与客人、猫与文物自然而然地产生了四层微妙关系，让我

▲ 清乾隆 铜鎏金吐宝神鼬 观复博物馆藏

们看见猫江湖中的恩恩怨怨，看见猫在主人面前的邀宠撒娇，看见猫对客人的不屑与献媚，至于猫在文物中的游走，本来就展现一幅跨时空的画面。

《观复猫演义》就此而生。此创作团队都是身在其中的人，与猫为伍，借猫之鉴照己之容，忽然发现我们和猫真的属于同类，只是它们更加幸福一些。由于观复猫庞大的队伍，让《观复猫演义》成为有源之水，有本之木，在真实存在的基础上发挥作家画家的想象，让猫们穿梭在真实与虚构之间、过往与当下之时，因而这演义不仅生动，还富于哲理。

这一季只拉开了观复猫登场大戏的序幕，至于未来如何，读者不知道，我们不知道，观复猫也不知道，天地宇宙更不会知道，那谁知道呢？

是为序。

马未都

2017.3.14

——本文原为《观复猫演义之咒言蜜语》序

建筑与烹饪，美美与共

扫一扫，听我讲
本文背后的故事

按说烹饪与建筑是两件不搭界的事，可偏就有人把这两件事完美地结合在一起。在赏心悦目的建筑环境中用上一餐美味佳肴，让色香味与形光线融为一体，此时方知饭菜之色香味并非仅口舌之快，而建筑之形光线也并非一时视觉之娱。

北宋有个建筑学家叫李诫，字明仲，家学渊源，至少四代人在朝廷为官。北宋时期，社会渐渐富裕，盖房者众，李诫作为将作监开始为宫廷做事，把握建房品质与原则。久而久之，对营造之事了如指掌。绍圣四年（1097 年）李诫奉旨编修《营造法式》一书，历三年而成，于元符三年（1100 年）刊行，全书三十四卷，为宋时营造房屋官方之规范。此书影响后世至今，可称营建鼻祖。

清代乾隆时期有个文人叫袁枚，乾隆四年进士，为官知县，四十岁时告归在江宁（今南京）筑随园，随遇而安。袁枚文人之名不如其美食之名，《随园诗话》不如《随园食单》让人津津乐道。袁枚以其文人细腻之笔触，将乾隆时期富庶江南的烹饪技巧不露声色记录于纸上，凡菜肴326种，蔚为大观。

李诚与袁枚间隔七百年，按说两个人也没有任何关联，唯一强拉硬扯的关系就是两人的著作都长时期地作为后世之范本，凡建筑凡烹饪都以此为据，享其中之乐，得其中之精。搞建筑的不懂《营造法式》，学烹饪的不知《随园食单》，会成为行业笑柄，愧对祖宗。

北京东西有两个健壹，东为健壹公馆，西为健壹景园。两处健壹的主人乃为一人。说其是建筑设计家，凡来用餐的宾客又尽享烹饪之绝；说其是烹饪美食家，又让饮食男女们陶醉于建筑的绚烂之中。享一事得两事之乐，北京除健壹两馆绝无他处。

我与健一先生相识多年，欣赏他做事的态度。一个人在世上混，无非做人做事，做人需要长期厮混方可知晓，而做事则窥一斑可见全豹。去健壹东西两馆，早春晚秋盛夏隆冬各有其美，融建筑于环境之中，布美食于餐台之上，一年四季不论何时，去健壹都是一份绝佳享受，都有一份人生感悟。王阳明讲知行合一，他说"知者行之始，行者知之成"，知易行难，所以朱熹早早告诫："论先后，知为先；论轻重，行为重。"看看健壹东西两馆，方能体味知行关系。康健一先生以一人之力，在当今纷杂的干扰之中，将两馆于滚滚红尘凸现清流，实属难能可贵。

建筑自古就分南北两宗，南宗北派都源于地貌环境人文累积及四季变幻。南派建筑于青山绿水之中多显阴柔之美，而北派，春夏秋冬四季分明，阴柔阳刚凄寂残酷各有其美，让美美与共，于四季分明之时，忘春夏秋冬之变，此乃健壹营建之法，把营建之法著书为志，再融入美味佳肴，算是一份功德。

精心做事，大气为人，方有此书。健壹两馆出书记录历程，可喜可贺，匆匆几言，记心于字，记情为义，是为序。

马未都

丁酉小满

——本文原为《健壹营造志》序

科学领域的文学之作，文学之作中的严谨科学

我长得很像母亲，圆脸，皮肤光洁少须；与父亲棱角分明的长相差距很大，也不似他那般络腮胡子浓重。我对我的出身一直好奇，我从哪里来？祖上是哪里的人？

父亲早年背井离乡，戎马抗战，活下来是个侥幸。在我的山东荣成镇锣岛老家村里，只有我们一大家族姓马，孤独一支。幸亏曾祖父修了份家谱，我们才能查到马家于永乐四年（1406年）由安徽迁徙至山东文登。如果再往前溯源，安徽马家定由陕西扶风马援一支扩展而成。有一说法，天下汉马皆源出于此。

这对我来说，更像一个传说。我年轻时就希望有一天科学手段能清晰地告诉我，我是谁，来自哪里，我身上是否流

有异族的血液。这在过去就是个神话，只有上苍能够知道。我们在这神话的笼罩下，磕磕绊绊地前行了数千年，直到脱氧核糖核酸（简称DNA）的研究成果出现，我们才看见自己生命的链条是那么诡异，那么绚烂，那么不可思议。

我们这么一个伟大的物种，这么渺小的一个个体都与DNA有着密不可分的关系。决定我们的长相、肤色、头发、眼睛等一切，都由这么小之又小的分子链决定，而决定我们每个个体诞生的那一刻，是男女生命最伟大的碰撞，这一刻不光有快乐和希望，还有上苍那只无形的大手。

这就是我们的基因。达尔文一百多年前就告诉我们：我们只是一个物种，由黑猩猩分支进化而来。科学家们估计，大约距今500万至700万年间，人类从黑猩猩的共同祖先分支出来，后发展若干人属物种，但不幸的是均已告绝。这些灭绝的包括我们熟知的北京人、蓝田人、元谋人等，也包括栖息在欧洲大陆的大名鼎鼎的尼安德特人。

我最早知道尼安德特人是通过一部电视片，这部电视片的细腻无限地吸引了我。它在讲述史前文明时，不停地提示我们人类生存的不易，包括我们今天主宰这个星球实属侥幸中的侥幸。由于基因技术的进步与使用，现在几乎已经确定我们这些除非洲之外的现代人都是尼安德特人与非洲智人的后裔。

我们身上居然有尼安德特人的基因？那么，我们真应该向我们的祖先致敬。由于他们不懈的努力，在浩瀚的宇宙空间下，在广袤的大自然中，才有了我们人类幸福的今天。其实，仅在数万年前，人类还是个濒危物种，度过了人类历史上的最黑暗时刻，我们才以爆炸式形态迅速占领这个星球。

毫无疑问，我们人类今天处在智能加信息革命的节点上，我们的生活将发生巨变。此次革命不仅将左右人类文明的走向，更重要的是还让我们深刻地知道了自己。《尼安德特人》这本书无疑是一个极好范例。多了解一些我们不知的领域，就会帮我们在未来的时刻争取一些主动。

《尼安德特人》一书的著者、译者我并不相识，出版社希望我为书作序，这让我诚惶诚恐。对于科学，我是外行，本应谨言慎行；但我实在太喜欢这样一部科学领域中的文学之作，文学中的严谨科学表达。我们每一个人的成长，一方面需要人文的滋养，另一方面还需要科学的哺育。

谨向著者、译者致以真诚的敬意。是为序。

马未都

2018.3.5 深夜

——本文原为《尼安德特人》序

让社会文化现象成为大众的盛宴

扫一扫，听我讲
本文背后的故事

观复博物馆有一支观复猫队伍，几十只猫个个有名，观复猫也借势声名远播；参观观复博物馆顺便撸撸猫成了爱猫者行程中的必备程序。由于手机及照相功能的普及，观复猫们留下了大量的生动美照，因而有了这本书《观复猫——博物馆的美一天》。

观复猫是一个非常幸福的群体，先来后到都不会影响它们的情绪，但却会影响它们的猫生。在博物馆里，观复猫之间，它们与主人或客人之间都形成了微妙的关系，这个关系推动了观复猫与博物馆的宣传，让传统文化在这里显得生动亲切，并易于传播。

工作人员每时每刻都会关注它们，随手拍下了许多珍贵的镜头，这镜头中有单纯的大美照，也有情绪万端的小场景。参观的客人不仅接受了文化的熏陶，也能看见观复猫优哉游哉地游走于文物之间。他们随手记录着感染他们的瞬间，这些宝贵的镜头一次次将美好定格，成为观复猫的永恒。

主人与客人共同对观复猫们给予了关爱，利用现代化的设备将失去的时光固化，然后编辑，玉成此书。这是一本极为独特的书，作者也不是专门的作者，而是一群互不相识的人。他们的时空交错，记录方法简单，随手一拍，就让这一奇特的社会文化现象成为大众的盛宴，继而提供精神上的休闲和传统文化的营养。

为观复猫出版这样一本强调互动的书，乃今天社会的特性；我们虽然是主人，筹办了观复博物馆，培养了一大群观复猫，只不过是为社会尽力而已；而你们，不论是来参观的观众，还是阅读此书的读者，从某种意义上讲，你们才是主人，甚至是主人的主人，所以才有了这本身世奇特的书。

为观众与读者出书，让每一位来博物馆参观的人都可能成为作者，这世界还可以更好吗?！观复博物馆是幸运的，观复猫是幸福的，我们愿意让读者看见这个幸福。

马未都

戊戌端午

——本文原为《观复猫——博物馆的美一天》序

观复猫
GUANFU CATS

创始人
马霸霸

馆员
庄太极

安保副馆长
小二黑

接待副馆长
金胖胖

学术馆长
蓝毛毛

运营馆长
麻条条

理事长
花肥肥

接待馆长
黄枪枪

营销馆长
云朵朵

宣传副馆长
马都督

馆员
宋球球

四虚可及喜乎欠

观复猫是一个神奇团体，依附于观复博物馆生存，这个天然组合每天生发出许多故事，演绎出它们世界的情感。这情感与我们一样，有喜怒哀乐，有悲欢离合。

把观复猫们发生的故事记录在案，编辑成册是一门功课；把观复猫想象的故事变成具象是另一门功课，这门功课似乎更难，更具挑战性，因而我们愿意，观复猫们更愿意。

"四虚可及喜乎欠"，这句咒语成为观复猫与未知世界沟通的法宝，所以就有了《观复猫演义之咒言蜜语》。这句咒语将载入观复猫的史册，让这句有来历有出处的大咒在未来的日子里大显神通。

《观复猫演义之锋言心语》紧随其后出生了。它更加玄秘，

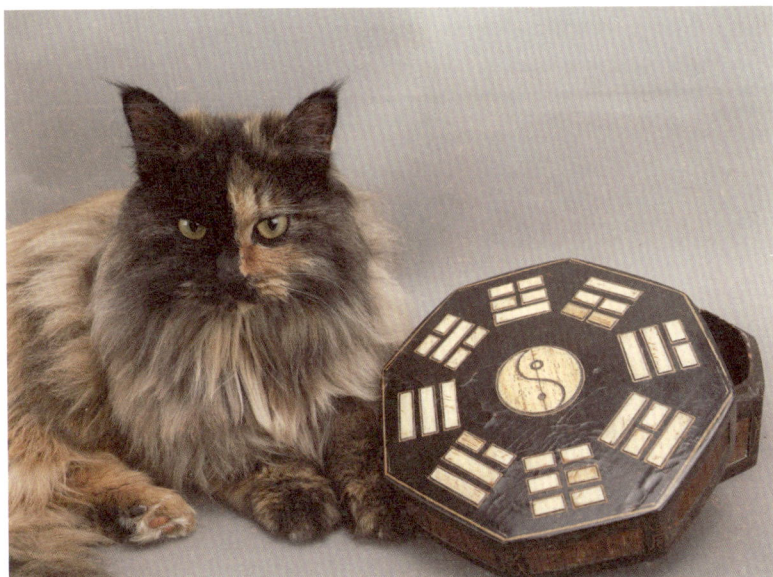

▲ 清早期 黑漆嵌骨八卦纹八方盖盒 观复博物馆藏

更富冒险精神，让观复猫们尽情肆意去探险那个只有欢乐没有烦恼的喵想国，而这个入口就在观复猫每天生活的观复博物馆内。

当然这条通往幸福的道路不会那么平坦，注定有风雨有雷电，还会有敌人。花肥肥领导的观复猫的"GF计划"，为了让所有的猫们都幸福，它们齐心协力与邪恶做斗争，希望达到喵想国的彼岸。

这种有真实又有虚构，有记录又有想象的创作，会激发读者的兴趣，在阅读中获得文物知识，懂得人生道理，知晓历史，珍惜生活。无论读者年龄大小，大有大的乐趣，小有小的乐趣，因为今天的世界就是这样，人与人平等，人与动物也平等。

是为序。

马未都

戊戌夏至

——本文原为《观复猫演义之锋言心语》序

让历史、文物变得鲜活直观

扫一扫，听我讲
本文背后的故事

　　观复博物馆与《凯叔讲故事》合作出了一本适合儿童读的历史书《凯叔讲历史》，凯叔用几百个独立的故事串起中国五千年的历史，观复博物馆又精选了几百件文物，来辅佐说明历史故事发生的背景。为了让孩子们愿意听，特意通过观复猫的嘴讲述，这让这本书变得生动起来，孩子们也喜闻乐见。

　　观复猫是观复博物馆养的一群猫，每只猫都极具个性，各司其职。它们在博物馆里迎来送往，与客人们尤其孩子们每天发生不计其数的故事。观复猫与主人与文物之间，多年形成了极好的关系，将文物变成与孩子们沟通的桥梁，让他们在参观读书之余，领略中国文物的博大精深，体会中国文化的玄机奥妙。

为儿童做文化产品，尤其做书十分不易。长年以来，我们的教育形成了一个刻板的印象，打破这一印象需要新理念，需要所有人的共同努力。《凯叔讲故事》的团队利用讲故事的先天优势，讲述中国悠久的历史；观复博物馆的团队也整合了文物资源，将深奥难懂的文物抽丝剥茧通过观复猫的口，一一展现出来。这一优质组合非常难得，也正是目前社会所需求的。

由音频故事升级为系列图书，让历史和文物变得直观，并可以随时翻阅，加深印象，这对孩子们无疑是个天大的好事。去历史的长河中畅游，在文物的森林里采撷，保持学习的兴趣，此套图书身体力行，捷足先登。

是为序。

马未都

戊戌春

——本文原为《凯叔讲历史》序

用五十枚钱币串起的极简中国史

扫一扫，听我讲
本文背后的故事

我一直认为每一个中国人都应该简单了解一下中国钱币的历史。这有诸多好处：首先，你了解了钱币历史，就对中国的历史会有一个大致了解；其次，了解钱币史，就对中国历史社会变革原因比较容易理解；再次，就是知道了货币的本质，方能真正理解古代乃至当代社会的基本制度。

中国人从贝币起，大约摸索了一千年才定下方孔圆钱；由于秦王朝统一货币的英明之举，才使中国后来长达两千年的帝制社会稳如泰山；计重制的方孔圆钱——五铢是世界上生命力最长的钱币，使用了大约八个世纪，直到唐代才改进为宝钱制，这一变革又让方孔圆钱生存了一千三百年。从某种意义上讲，中国的方孔圆钱造就了中国的财富，让中国人

▲ 商代贝币、清代银锞子、宋代钱币、清代钱币 观复博物馆藏

避开了像欧洲那样长达近千年的中世纪黑暗，有了令人羡慕的幸福。

我们今天每一个人的生活都离不开钱的影响，换言之，也离不开古代钱币对中国文化的影响。我们虽然是世界上第一个使用纸币的国家（宋代人就已经使用纸币——交子），但我们依然对纸币心存芥蒂，原因是宋元明清乃至民国的纸币使用最终都没有获得一个好的结局，都以改朝换代为代价不欢而散。

所以我们就更应该了解一下中国货币的演进，了解各类货币的本质，了解不同货币的利弊得失。只有了解得多一些，对事物尤其对经济事物的判断才会更趋于正确。钱本身没有优劣，只是使用者或曰发行者造就了它的优劣，让它翻云覆雨，让它推波助澜。钱本来只是一种农具，挖地而用。《说文解字》释：田器也。最初形象如铲，非常有可能是"空首布"的形象，钱作为货币的代称，最初应是借用。古代称钱为"货"，为"泉"：前者为本质，后者为引申；前者实在，后者浪漫；前者优，后者美。因此可以说，钱币的历史是一部实在浪漫又十分优美的历史。

我与王永生先生不算熟悉，只是有限地与他聊过天，请教过专业问题。他是钱币行业的翘楚，对钱币了如指掌，说起钱币的历史如数家珍。王永生先生利用闲暇时间，动笔写了这部专著，用五十枚中国历史钱币串起一个完整又简易的中国货币史，让人开卷有益，读之有收获。尤其在今天的信息时代，讲究快餐文化之时，抽时间读此书会事半功倍。

李白诗曰："金樽清酒斗十千，玉盘珍羞直万钱。"白居易诗曰："卖炭得钱何所营，身上衣裳口中食。"岑参诗曰："人生不得长少年，莫惜床头沽酒钱。"杜甫诗曰："安得务农息战斗，普天无吏横索钱。"苏东坡诗曰："送行无酒亦无钱，劝尔一杯菩萨泉。"高适诗曰："卖药囊中应有钱，还山服药又长年。"范成大诗曰："二麦俱秋斗百钱，田家唤作小丰年。"唐宋大诗人说了这么多"钱"，实际上是那时候一幅生动的生活画卷。

读此书即观彼时画。是为序。

马未都

戊戌小雪

——本文原为《三千年来谁铸币》序

入艺术深处，悟根源之美

　　我们对美的追求究竟起源于何时至今还是个谜。1933 年，裴文中先生主持发掘了北京周口店的山顶洞人遗址，发现了大量的穿孔物，有兽牙、海蚶壳、小石珠、鲩鱼眼上骨等等。显然，这些东西都是山顶洞人穿在一起并挂在身上的物件。按照今人的一般理解，这个行为已是我们对美的追求的初始。

　　山顶洞人也许一开始并没有这种世俗的考虑，他们开始悬物于身可能是出于某种膜拜，也可能出于某种心灵上的恐惧；美这样一种抽象的高级心理活动对山顶洞人来说有些过于奢侈。但不管怎样，山顶洞人替我们迈出了审美的第一步，不管他们有意还是无意，这一步拉开了美的序幕。

　　实际上，我们对艺术和美是两种追求。美的存在抽象而不具体，艺术则必须依附某种事物具体存在。显然，艺术的出现大大落后于美的出现，尤其将艺术供奉于庙堂，则需要对美有一个全方位的认知。

华夏民族对美与艺术的认知，文字的出现是一个最重要的节点。甲骨文的确认非常迟，清末由金石学家王懿荣发现，距今仅一百多年，较之中华文明史的长度实在不值一提。甲骨文是中国最早的系统文字，非常成熟，点横撇捺，疏密结构，极具艺术之美，令百年来的所有书家神往。已发现的大约有四千多字，目前破译了约两千字；汉字六书——象形、指事、会意、形声、转注、假借齐备，直接证明了我们今天仍在使用的汉字一脉相承。

由于汉字的出现，艺术就显得成熟而具体。无论是自竹简木牍而来的书法艺术，还是绘于岩石楚缯的绘画；无论是黄河流域的彩陶，还是楚国擅长的漆器；无论是商周庄重诡异的青铜器，还是两汉华丽精巧的错金银；无论是大名鼎鼎的陆机《平复帖》，还是名不见经传的南北朝鎏金罗汉，这些都笼罩在汉文化的祥云之下，而汉文化的具象都可以透过汉文字的抽象表达，变得完美，所以才有了这本《根源之美》。追求根源之美本身是道难解之题，凡事找到根源后一切都可以迎刃而解。以汉字的演变为例，甲骨文——金文——大篆——小篆——隶书——草书——楷书，尽管变化万千，甲骨文与楷书之间仍然可以找出血脉关系。这层关系是汉字的灵魂，让汉字度过数千年长寿至今，让中华民族的子孙今天仍享受其利。庄申先生乃庄严先生之长子。庄严先生当年北京大学哲学系毕业后，为故宫文物南迁立下汗马功劳，我看电视片介绍他时感佩不已。庄申先生秉承家学，著作等身，为世界知名艺术史学者。此书写得通俗，凡120篇，涵盖中国艺术众多领域，纵横捭阖，从艺术到文化到历史到社会到宗教到哲学，凡此种种，积累成书，30年前于台湾首印，惜其生前未能见在大陆出版。此次中信出版社精心操持料理庄申先生大作在大陆出版事宜，并将此大作呈现在我案前，希望我能写序文为读者说明。我相信凡事有缘，多年之前，我曾与庄严先生之幼子、庄申先生之胞弟庄灵先生萍水相逢，把酒言欢一夜，其情其景历历在目。鉴于我对庄氏父子的敬重，受此重托，我虽欣然遵命，亦诚惶诚恐写下拙文。

　　谨以为序。

马未都

丁酉岁尾于北京

——本文原为《根源之美：中国艺术3000年》序

图书在版编目（ＣＩＰ）数据

小文 65 / 马未都著 .— 武汉：长江文艺出版社，
2019.5
ISBN 978-7-5702-0959-0

Ⅰ.①小… Ⅱ.①马… Ⅲ.①序跋 - 作品集 - 中国 - 当代 Ⅳ.① I267

中国版本图书馆 CIP 数据核字 (2019) 第 051501 号

小文 65

马未都　著

选题产品策划生产机构 | 北京长江新世纪文化传媒有限公司
总 策 划 | 金丽红　黎　波　安波舜
项目统筹 | 崔雪凝　罗小洁
责任编辑 | 王赛男　　　　　封面设计 | 郭　璐　　　　　媒体运营 | 刘　峥　田　彤
版权代理 | 何　红　　　　　内文制作 | 张景莹　　　　责任印制 | 张志杰　王会利
视频摄制 | 田　彤　高　梦　　插图摄影 | 田　彤　孙光明
总 发 行 | 北京长江新世纪文化传媒有限公司
电　　话 | 010-58678881　　　　　　　　　传　真 | 010-58677346
地　　址 | 北京市朝阳区曙光西里甲 6 号时间国际大厦 A 座 1905 室　　　邮　编 | 100028

出　　版 | 长江出版传媒　长江文艺出版社
地　　址 | 湖北省武汉市雄楚大街 268 号湖北出版文化城 B 座 9-11 楼　　　邮　编 | 430070
印　　刷 | 天津盛辉印刷有限公司
开　　本 | 880 毫米 ×1230 毫米　1/32　　　　　　印　张 | 7.5
版　　次 | 2019 年 5 月第 1 版　　　　　　　　　印　次 | 2019 年 5 月第 1 次印刷
字　　数 | 132 千字
定　　价 | 49.00 元
盗版必究（举报电话：010-58678881）
（图书如出现印装质量问题，请与选题产品策划生产机构联系调换）